顔が見分けられない伯爵令嬢ですが、悪人公爵様に溺愛されています

著＊櫻田りん Rin Sakurada
イラスト＊紫藤むらさき

TOブックス

Contents

イラスト✻紫藤むらさき
デザイン✻小沼早苗［Gibbon］

サラ、妹の代わりに嫁ぐ

「お姉様、このブレスレット可愛いね！　ミナリーにちょうだい？」

「うん、良いよ」

「お姉様、ミナリー足が痛いの。書庫からいくつか本を持ってきてくれない？」

「うん。分かったわ」


「ねぇお姉様、ミナリーの代わりに嫁いでくれない？」

「——とつ、ぐ？」

サラはぐわりと、視界が歪んだ気がした。


時刻は夕方。

夕食の時間になり、使用人たちが慌ただしく準備を進める中、まるで理路整然《りろせいぜん》とそう告げられた
サラは、過去の記憶に思いを馳せた。

幼少期、年子の妹のミナリーは多少人のものを欲しがる癖が強かったけれども、まだ可愛かった。

ブレスレットをあげれば「嬉しい嬉しい」と喜んでいたし、次の日には興味が失せたようで雑にし

まわれていたとしても、しょうがないよねとサラは思っていた。

サラが十四歳のときには、ミナリーと両親からまるで使用人のような扱いが始まったが、それも別に構わなかった。

サラは貴族としてのマナーや教養は既に学び終わっていたし、貴族同士の駆け引きや自慢話、足の引っ張り合いがどうも苦手だったので、代わりにファンデッド家の令嬢として表に立ってくれる妹の役に立てるならそれで良かった。

むしろこんな姉でごめんね、とさえ思っていた。

普段のサラの食事といえば、いつの間にか自室と化した屋根裏部屋で細々と行うものだった。

家族の命令により使用人は誰も面倒を見てくれないので、サラは自ら台所に立った。食材といえば残り物ばかりだったけれど、ありがたいことに伯爵家の残り物はそれなりに食べられるものが多かったし種類も豊富だ。野菜の皮しか無いならほんのり甘いスープにしてしまえばいい。肉や魚の切れ端がある日はご馳走が作れると、跳びはねるほど喜んだものだ。

もちろん洗濯に掃除。母と妹に指示され招待状や手紙を代筆したり、贈り物の選定をしたり。父の仕事である領地経営の概算を出したり、他の領地との差別化を図るための資料集めをしたり。

（あら？　これは使用人の仕事に入れて良いのかしら？）

とりあえず、サラは今の生活にそれなりに満足していた。

そうして話は冒頭に戻るのだが。

使用人としての生活が続いて家族と共に食事をすることなんてしばらくなかったサラの元へ、使用人がやって来て何年ぶりかに簡素なドレスを着せてくれた。最後に貴族たちの前に出たのは十三歳のときだったので、それ以来になる。

そのまま案内されて家族が普段食事をするダイニングルームに通され、椅子が四つあることにサラは驚きを隠せなかった。

（え！　もしかして今日って私の誕生日だったかしら？　いえ違うわね……だって半年前に一人で残り物のパンにお肉の切れ端を挟んだサンドイッチを食べて十八歳になったお祝いをしたもの）

しかしあれよこれよと考えているのも束の間、ミナリーのあまりにも無茶な発言にサラは目を開いて閉じてを繰り返す。

とっさのことで返事ができずに口籠ると、程なくして両親も現れ、昼食をとるべく同じテーブルへと着いた。

「早く座らんか」

「はっはい……！　申し訳ありません……きゃっ」

使用人に椅子を引かれるが、そんな当たり前のことさえも数年ぶりだったのでもたついてしまう。はしたないわ、とぼそりと呟いた母に、サラはおずおずと頭を下げてから席に着いた。

「それで、ミナリーから話は聞いたか？」

「えっと……はい。ミナリーの嫁ぎ先に、私が代わりに嫁いでほしい、と」

「ほしいじゃないわよ！　嫁ぎなさいと言っているの。……全く、ミナリーったら優しいんだから。

そんなことだからサラが調子に乗るのよ?」

「ごめんなさぁいお母様? ふふふ」

「あ、あの、お聞きしたいのですが……そもそもミナリーに来た縁談に、代わりに私を、となった理由を知りたいのですが……」

サラの疑問はもっともであった。

そんなことも分からないのか、と父は叱責するつもりだったが、嫁いでから有る事無い事を言われたり下手をされたりしては困るのは自分たちだと、サラの疑問に答えることにした。

「お前は我が領地の状況を細かく知っているな」

「? はい。財政のことや物流のことでしたら全て」

「なら今後より安定して領地経営をするにあたって一番必要なものは何だ?」

「……お金、です」

「そうだ。……そういう、ことだ」

そういうことという抽象的な表現だったが、サラにはこの縁談の意味が簡単に理解できた。

(相手先はきっと我が家より裕福なのね……金銭を融通してもらうための政略結婚で、ミナリーはそれが嫌だったと)

この貴族社会において政略結婚は珍しくない。

使用人としてずっと屋敷に閉じこもっていたサラでもそれくらい分かる。それに小さい頃はそれなりの教育を受けていたし、自分も将来は家のために政略結婚《そうする》のだと思っていた。

「ではお父様、そのお相手と言うのは……？」

「カリクス・アーデナー公爵だ」

「⁉　伯爵家の我が家に、公爵家からの縁談が……？　それはとても良い話に聞こえるのですが……」

フハッと母が馬鹿にしたように笑う。

「何も知らないのね？」

と言ってからワインをゴクリと飲み干した。

「確かにアーデナー公爵家は古くから王に仕える名家よ。けれど現当主のカリクス公爵は残忍で冷酷、目を背けたくなるくらいの大きな火傷痕が顔にあるの。貴族たちには忌み嫌われて『悪人公爵《あくにんこうしゃく》』なんて呼ばれているわ。――そんな男に、ミナリーをお嫁に行かせるのは可哀想でしょう？」

「お父様お母様……！　ミナリー怖い……‼」

「大丈夫だミナリー、お前をそんな野蛮な男の下には行かせないさ」

顔を両手で隠して肩を震わせるミナリーを、両親は後ろから包み込むように抱きしめた。

大丈夫よミナリー泣かないで、と慰めている。

経験上、嘘泣きなのだろうとサラは分かっていた。けれどそんなことは些細な問題、ですらないのだ。ミナリーが願うこと、それ即ち決定事項なのである。

サラは諦めたように、苦笑して見せる。

「――分かりました。私が代わりに参ります」

「おお！　よく言ってくれた。お前をここまで育てたことに感謝する日が来ようとはな」

「本当ですわね。……まあ、腐っても貴方も伯爵家の人間ですから殺されたりはしないでしょう」

「良かったわねお姉様！　不細工なのに結婚できるなんて」

声に悪意の全てが集約されていることが分らないほど、サラは鈍感ではなかった。

この縁談がファンデッド伯爵家にとっては良縁で、嫁ぐ本人のサラにはそうではないもの、というのが如実に表れていた。

明らかに蔑ろにされている。しかしサラはそれほど両親と妹を恨んでもいない。

再三になるが、サラは今までの使用人紛いの生活が苦ではなかったから。どんな扱いをされても別に大したことは無かった。

相手方には指名されたミナリーではないので悪いとは思うものの、サラは縁談にはそう後ろ向きではなく、どうにか貴族の娘としての役目を果たせて良かったとさえ思っていた。

「出発は明日だ。急だが持参金も輿入れの品も要らんと言われているからな！　有り難いことだ」

「本当ね〜。サラは晴れて公爵夫人。我が家はより潤沢になる。皆幸せになれるわね！　ささ、今日が最後の我が家での晩餐よ！　たーんと食べなさい？」

「うちのことは心配しないでね？　私が素敵な殿方を婿に迎えるから！」

貴族らしい食事が目の前にあるのに、全く喉を通らない。ははは、と乾いた声が漏れた。

ここ数年、家族とこれだけ会話らしい会話をしたことがあっただろうか。笑顔を向けられたことがあっただろうか。

――否。けれどサラは家族への感謝を忘れずに嫁ごうと思った。きちんとファンデッド家に資金が送られるよう、良き妻にならなければと思った。

どうせなら――役に立ちたい。

明日ファンデッド家を旅立つサラは、そう決意し、拳をギュッと握り締める。

「ああ、そういえばサラ。貴方よく人の顔が分からないって嘘をつくけどあれ止めなさいね？　貴方が殺されるだけならまだしも、そんなくだらない嘘でファンデッド家に被害が及んだらただじゃおきませんから」

「…………はい」


ただ一つ心残りがあるとすれば、あらゆる人の顔が認識できないと打ち明けたことを、嘘つきの一言で片付けないでほしかった。

これは顔が見分けられない伯爵令嬢の蛹《さなぎ》――サラが『悪人公爵』ことカリクスに見初められ、世界に羽ばたく蝶となる、そんな物語である。

サラ、新天地での生活は

次の日の正午過ぎ、嫁ぎ先の公爵家からの馬車が迎えに来ると、舗装されている王都の通りを抜

け、緑溢れる辺境の地へと到着した。

家族は誰一人見送りに来なかったけれど、メイドのカツィルが見送りに来てくれたので、知らない土地に妹の代わりに嫁ぐことになったサラの心は晴れやかだった。

「精一杯頑張りましょう……！　うん、きっとやれることはあるはず」

昨日の今日であることと、屋根裏部屋には生活をするための必要最低限のものしかなかったことから、サラは信じられないほど身軽だった。

着ているドレスは、昨日初めて袖を通したのと同じものだ。薄ピンクの生地に、袖に少しだけフリルがあしらわれている簡素なドレス。どう考えても輿入れ時に着用するようなものではなかったが、サラにはこれしか無かった。

しかも二日続けて同じドレスなんて控えめに言ってあり得ない、のだが背に腹は代えられない。

「後五分もせずに屋敷に到着します。揺れるのでご注意ください」

「ええ、ありがとう」

馭者《ぎょしゃ》と軽く会話を交わすと、サラは舌を噛みたくないので口を閉じることにした。

することがないので、夫となるカリクスについてサラは思いを馳せる。

まず到着したら挨拶をする。そしてミナリーではないことの謝罪が必須だ。

（本当に申し訳ないわ……あちらはミナリーとだから政略結婚を持ち掛けたのだろうし。……私が現れたらこの話は無かったことに……？　あり得るわね……）

それならもう謝り倒すしかない。今更ファンデッド家に居場所がないことをサラは感覚的に理解していた。

「お待ちしておりました」

約三時間馬車に揺られ目的地に着くやいなや、穏やかな男性の声が聞こえたので、サラはすかさず姿勢を正す。

それからサラは数年ぶりのカーテシーを行うと、自分自身の緊張を解くために頬を緩めた。

「はじめまして。サラ・ファンデッドと申します。この度は迎えの手配をしていただきありがとうございます」

「いえいえ、当然のことでございますので」

「本当に助かりました。アーデナー公爵閣下」

「はい？」

「――え？」

しばしの沈黙。サラはこの凍りついたような空気を良く知っていた。過去に何度も人を間違えたことがあるサラは、この状況を理解するのは容易かった。

（まっ、間違えたのね……!!）

サラは「冗談ですわ」とサラリと告げて、慌てて口元を隠す。言ってしまった言葉は無かったことにはならないが、咄嗟の行動だった。

多少おかしい、と、思ったものの主人からは丁重にもてなすようにと指示を受けている執事のヴアッシュは、追及はせず自己紹介だけをしておくのだった。

馬車から積荷を降ろしてくれた執事のヴァッシュ。丁寧な口調、こちらに合わせた歩調、緊張をほぐすための雑談に、サラはただただ感銘をうける。

（こんなに、立派な執事――ヴァッシュさんが仕えるのだから、公爵閣下も素晴らしいお方なのかも。お母様たちから聞いた噂は一旦忘れましょう）

百聞は一見にしかず。まずは本人と話してみないことには分からないし、何より花嫁変更という非礼を行ったのはファンデッド家だ。

サラは胸に手をやって深呼吸をしてから、ヴァッシュの後に続いてカリクスがいるという執務室に足を踏み入れた。

「失礼いたします旦那様。サラ・ファンデッド伯爵令嬢をお連れいたしました」

「ああ。ではこちらに」

右側のテーブルで執務に励んでいたカリクスはサラが来たことにより手を止め、左側にあるソファーへと足を進めた。

言われた通りサラもソファーの前に立つと、緊張しながらもスカートに手をやり淑女の挨拶を行う。

「はじめまして。サラ・ファンデッドと申します。公爵閣下におかれましては――」

「前置きは良い。疲れただろうから座って話そう」

「……は、い」

向かい合うようにしてソファーに腰を下ろし、サラは俯く。

身体の配慮をしてもらうことが、より花嫁を変更した罪悪感を膨張させた。

──ガバリ。

サラは勢いよく頭を下げる。額がテーブルにスレスレだった。

「この度は花嫁を変更するなどという非礼、本当に申し訳ありません……！」

「顔を上げてくれ。気にしていないから」

「そんなわけありません……！　どこの世界に適当に妻を娶る人間がいましょうか」

「ここにいる。君の目の前に」

「えっ」

パチクリと、サラの瞳が大きく開かれる。

てっきり、ミナリーを妻にしたくて縁談の話が来たと思っていた。だからこそ金銭を融通する話も上手く進んだのだと。──けれど実際はどうやら違うらしい。

サラは、それならばこの婚姻を白紙に戻す、とはならない可能性が高いことに安堵し、再びカリクスの言葉に耳を傾けた。

「三年前父が亡くなって私が跡を継いだんだが、そろそろ妻を娶れと周りが煩くてな」

「なっ、なるほど……」

「それでそれなりの爵位で適齢期な女性を探していたわけだ。別にミナリー嬢がどうこうというのは一切無いよ。ただの偶然。だから君は気にしないでくれ」

「分かりました。話してくださってありがとうございます」

サラにとっては好都合なことだったので、肩からフッと力が抜けた。膝辺りに置いていた拳もそっと解いた。

「あの、公爵閣下、私からも伝えなければいけないことが」

「ああ。何でも言ってくれ。我が家に嫁ぐ以上不自由をさせるつもりはないから」

カリクスは優しく微笑む。

声色から微笑んでいるのだろうと想像して、サラの表情には影が落とされた。

伝えれば婚姻が白紙に戻される可能性があることをわざわざ言いたくはない。――けれど、カリクスの包み隠さない言葉に、サラは伝えておかなければいけないと思ったのだった。

「実は……昔から人の顔を見分けることが出来ないのです」

「……？　もう少し詳しく話してくれ。済まないが理解できなかった」

「はい。勿論です。――信じていただけないかもしれませんが」

そうしてサラは自身の症状について事細かく説明した。

五歳の頃、妹と遊んでいる拍子に頭を打って気絶し、目が覚めたら人の顔が見分けられなくなっていたこと。見分けられないのは人の顔や表情だけで、食べ物、衣服、建物などは普通に見分けが付くこと。

初めは眉間にシワを寄せていたカリクスだったが、サラが説明を続けると、その表情は少しずつ変わっていった。

「この症状のせいで、私は昔から社交界では役に立ちません。人の顔を見分けられず、表情も読めません。貴族社会において絶望的です。声や仕草で見分けることは出来ますが、時間がかかります し間違うことも多いです。――幼少期は、母でさえ間違えたことも有りました」

「…………そうか」

「お医者様はこんな病気をご存じないようでした。家族にも信じてもらえませんでしたが…………本当に、本当なんです。嘘では、ないんです」

ザザザ、と開いた窓から風が入ってくる。

サラは乱れた前髪をそのままに、カリクスを見た。

漆黒の髪に、アッシュグレーの瞳、唇は少し薄い。パーツパーツでは捉えられるのに、顔として、表情としては捉えることができない。

遣る瀬無さで再び俯くと、カリクスがずいっと顔を近づけた。

サラは何事かと肩をビクつかせる。

「それならこの顔にある火傷痕も分からないのか?」

「何となく見えますが……ただそこにぼんやりとあるだけで」

「……気味悪くはないんだな?」

「はい。それは全く。……失礼かもしれませんが、むしろ私からしたら見分けるのに有り難いのです。……こう、ぼんやりと温かくて赤い……何だか優しいオーラのように見えるというか……」

きっと信じてはもらえない。サラはそう思いながらも自分が見える景色を一生懸命に伝えた。

するとサラの膝の上においた手が、カリクスのゴツゴツとした大きな手に掴まれる。そのまま彼の顔へと誘われ、指先が頬の辺りに触れる。

「触れば分かるか？　私は今笑っている」

「はっ、はい」

「ありがとう……この火傷痕を気味悪がらないどころか褒めてくれて。この火傷痕は、私にとっては大切なものなんだ」

「そう……なのですね」

「サラ、君の言葉を信じるよ。だから大丈夫だ」

火傷痕の理由は聞かなかった。

きっとまだその時ではないと思ったのと、サラ自身も伝えたいことで胸がいっぱいだったから。

「カリクス様、と呼んでも？」

「もちろん」

「……カリクス様、信じてくださったのは貴方が初めてです。ありがとうございます、信じられないくらい、嬉しい、です……っ」

「当たり前だろう。どこの世界に妻になる人の言葉を信じない人間がいる？」

「ふふっ……それは、中々多いと思いますよ？」

——そうかな。——そうですよ。

カリクスの頬に指が触れたまま、サラはつられたように頬を緩ませた。

大方の話を終えると、サラは部屋を用意してあるからと案内された。

てっきり執事のヴァッシュか、他の使用人が案内してくれるのだと思っていたが、出迎えが出来なかったからこれくらいは、とカリクス本人がしてくれる運びとなった。

気遣いのできるお方だなぁ、とサラは感心する他ない。

「この部屋だ。南の角部屋で、日当たりはこの屋敷で一番良い。気に入ってくれると嬉しいんだが」

「!? まあ……！ 凄いです……！」

白を基調としたシンプルな部屋だが、カーテンは細やかなレースがあしらわれており、ソファーに置かれているクッションはピンク色のバラの刺繍。所々に金色が使われているそれは可愛らしさの中に絢爛《けんらん》さも兼ね備えている。

何より、ベッドは大人が大の字になっても端に届かないほど広く、サラは目をキラキラとさせて部屋中を見渡した。

「素敵ですわ……！ 綺麗でっ、可愛らしくてっ、それに……とーっても広いです……！」

「喜んでくれるのは大変嬉しいが……そんなに広いか？ 伯爵令嬢ならこの部屋と大差なかっただろう？」

「あ……それ、は」

確かに普通の伯爵令嬢なら、用意された部屋にそれ程驚き喜ぶものではないのだろう。

お気遣いありがとうございます、とさらりと礼を言う場面だったことに、サラは焦りを持ち始める。

しかしサラの反応はある意味仕方がなかったとも言える。

ファンデッド家では屋根裏部屋での生活をしていたので、まず普通に部屋というだけで有り難いと思うほどにハードルが低くなってしまっていたのだ。

——しかし、これは由々しき事態である。

そんな生活をしていたことがバレたら、カリクスにとってファンデッド家の印象は悪くなるに違いない。そうすれば結婚を取りやめる……とか、もうファンデッド家にお金は融通しない、なんて話も無きにしもあらずだ。

それは是が非でも避けなければならない。

サラはバレないために、これからファンデッド家での生活を誤魔化そうと胸に刻む。

せっかく自身の症状のことを理解してくれたカリクスではあるが、如何せんまだ出逢って数時間なのだ。この判断は致し方なかった。

「あはははは。そうですわねーー。普通ですわねーー。うふふーー」

「……物凄く棒読みなんだが」

「そんなことありませんわーー。私はこのような部屋で暮らしていましたわーー。右を見ても左を見ても上を見ても下を見ても驚きませんわーー」

「…………そうか。……君は嘘が……いや、何でもない」

「おほほほほーー」

（何か言いかけたみたいだけれど……まあ良いわ！　多分信じてくれたわよね！）

まるで悪戯が上手くいった子供のようにニマニマと口元を緩めるサラに、頭一つ分高い位置にあるカリクスは呆れたように、それでいて面白そうにフッと笑ってみせる。

決してサラの下手くそな演技を馬鹿にしたのではない。

いや、下手くそだなぁと笑ったのは事実なのだが――。なんだか……そう。

「……可愛いな。君は」

「はい？　何かおっしゃいました？」

「いや、何でもない。夕食までは少し時間があるから部屋で寛いでくれ。私はまだ仕事が残っていて……相手が出来なくて済まない」

「いえいえお気になさらず!!　案内までしていただけて本当に十分ですわ。ありがとうございます！」

そうしてカリクスと別れ、サラは改めて部屋を見渡す。

「本当にこれが私の部屋……？　お姫様になった気分……！　嬉しすぎるわーー!!　もう全部が可愛いーー!!」

気分が最高潮のサラはソファーに座り、クッションをギュッと抱きしめ、ベッドの縁に座って足をバタバタとしたり、窓際に飾ってある花の香りを嗅いでみたり。

一人の時間を満喫しようとしたのだが。

――コンコン。

「サラ様、失礼致します」

「⁉」

しかしそんなとき、完全に淑女を忘れていたサラはノックの音に跳びはねるくらいに驚くと、高鳴る心臓を必死に抑えて冷静を装う。

どうぞ、と穏やかに言ってみせると、一人の女性が入ってきたのだった。

「これからサラ様のお世話をさせていただきます、メイド長のセミナと申します。以後お見知りおきを」

「え、ええ！　よろしくお願いします……じゃなくて、お願いするわね」

現れたのはメイド長のセミナというらしいのだが、メイド長というわりに声が若々しい。

もしかしたら自分と同じくらいか、少し歳上なのでは？　とサラは考えて尋ねようと思ったが、口にするのは憚られた。

（普通なら……顔を見れば大体の歳は分かるのよね）

それこそカリクスは二十四の年になるが、それも執務室に入るまでの道中、ヴァッシュに聞かなければ分からなかっただろう。

実際カリクスと言葉をかわしたとき、落ち着いた雰囲気と低めの声に、サラはもう少し歳上だと思ったのを思い出す。

「サラ様……？　どうかされましたか？」

「あっ、えーーと……」

不意に頭を過るのは、家族に嘘つきだと罵られるそんな光景だ。思い出したくないのに、ことあるごとにフラッシュバックした。

ふるふると、サラは頭を振る。

今さっきカリクスに信じてもらったばかりだ。一緒に話を聞いていたヴァッシュにも大変だったでしょう、と労りの言葉をもらった。

どうせ信じてもらえないだろうという考えは、相手に失礼かもしれない。

それにセミナとはこれから長い付き合いになるだろう。カリクスよりも長い時間を過ごすと言っても過言ではないのだ。

サラは、ふーっと深く息を吐いて、入口付近にいるセミナを見据えた。

「私ね、顔が認識出来ないの」

「……。と、言いますと……？」

「貴方の声を聞いて何となく若いってことは分かるし、服装を見たら女性だなってことも分かるわ。けれどね、顔だけが分からないの」

「…………」

「……ごめんなさいね、急に……。その、お世話になるから、伝えておかなきゃと、思って」

無言が辛い。けれど顔が認識できないために、表情を確認することも出来ない。

――ああ、顔が見えたなら。

今まで何度もそう思ったが、新天地にやってきてもそう思ってしまう。

やや気まずい沈黙が肌に突き刺さる。

その沈黙を破ったのはセミナがコツコツとサラに近付く足音だった。

「申し訳ありません。サラ様になったつもりで想像していたら、黙ってしまいました」

「想像……？」

「はい。ですので改めて自己紹介させてください。私は平民出身で名前はセミナと申します。歳は二十三で、茶髪のショートヘアーです。かなりつり目で、よく怒っているのかと聞かれることがあります。怒っていません。そういう顔です。後は――」

「ちょ、ちょっと待って⁉」

「早口でしたね……これもよく言われます」とセミナは抑揚のない声で淡々と喋っている。

出会ったことのないタイプ……というか対応に、サラは混乱した。けれど想像をして対応してくれる、つまり自分を信じてくれたということ。嬉しすぎて胸がじんわりと温かみを帯びた気がした。

サラはセミナの両手を、ギュッと包み込むように握る。

「ありがとうセミナ……信じてくれて」

「近々旦那様の奥方になるお方の言葉を信じないはずがありません」

「カリクス様のことを心から信用しているのね」

「勿論です。……あと、お部屋をあそこまで喜んでくれたサラ様は純粋な方なのかと……嘘を吐くとは到底思えませんでした」

「へ⁉　聞こえてたの⁉」

「はい。ばっちりと。因みにこの部屋のセッティングを任されたのは私でして、とても鼻が高いです。あ、私は今とっても嬉しくて笑っています」

「いやーー！　忘れて!!」

慌てふためくサラに対し、クスクスと、小さく笑うセミナの声が聞こえる。

サラは何だか嬉しくなって、ぱっとセミナから手を離すと照れを隠すように口を隠して笑い声を上げる。

しかし次の瞬間パチンと指を鳴らしたセミナに、サラは何かが始まる、と予感がしてピタリと動きを止めた。

「さて、旦那さまとの夕食までの間はサラ様を徹底的にピカピカ、モチモチ、サラサラに仕上げてまいりますのでご覚悟くださいね」

「か、く、ご…………？」

覚悟、なんてセミナが言うので何をされるのかと身構えたサラだったが、蓋を開けてみれば湯浴みだった。

しかし、サラが今まで経験してきた湯浴みとは全く別物だったという。

「物凄く白いですわね、羨ましいですわ～」

「や、やめ……！」

「この腰見てくださいな！　とっても細くてドレスの着せがいがありますわね！」

「ひゃぁ……っ」

「サラ様、我が屋敷の最高峰のもてなし、いかがですか？」

「もっ、もう勘弁です……!!」

セミナがフィンガースナップをすると、すぐさま現れた二人のメイド。

この日をずっと心待ちにしていたとワクワクした様子だったことは、サラにも簡単に分かった。

それからあれよあれよと裸にされ、浴槽に浸からされ、四肢だけでなく誰にも触らせたこともない部分（脇とかお腹とか）まで隅々まで磨き上げられる。優しい手付きに、石鹸の良い香り、浴槽には花が浮かべられていて視覚からも癒やされるのだが、如何せんサラはこんな扱いを受けていなかったので慣れない。

湯船に浸かっているだけなので楽なはずなのだが、羞恥心により精神がどっと疲れたのだった。

「ハアッ……もう、終わり、よね？」

「今から頭皮とお顔のマッサージもしてまいりますわ」

「それなら自分で」

「何をおっしゃいます！　私達はこの日のために腕を磨いてきたのですよ!?　サラ様はゆっくりと寛いでくださいませ」

湯浴み担当のメイドの一人にそう言われ、もう一人にも激しく同意の頷きをされれば、サラは諦めるしかなかった。

サラにとって湯浴みとは、家族が入ったあと、冷めきった水を浴び、自身で行うものだった。もちろん石鹸は高級品だからと使わせてもらえなかったし、温かいお湯で身体を流せることなんて年に一度有るか無いか。

（こんなお姫様みたいな扱い、慣れないわ……ミナリーならきっと当たり前に受け入れられるのだろうけど……）

実の妹、ミナリーの湯浴みを手伝う側だったサラは、そう思いを馳せた。

一方、湯浴み担当のメイドたちの手伝いをしながら、されるがままになっているサラの様子を観察していたセミナは引っ掛かりを覚えていた。

伯爵令嬢ならば使用人に湯浴みを手伝わせることなんて日常茶飯事なはずなのに、サラの反応はあまりに新鮮なのだ。

よほど伯爵家の使用人の質が低いのか、湯浴みは一人が好みだっただけなのか——それとも。

先程の部屋を見たときの喜びようといい、湯浴みでの反応といい、そして何より、なんの手入れもされていない艶のない肌や髪といい。

「…………」

それに輿入れの日だというのにあまりにも簡素なドレス、メイクも施されていない。ここまでいくとサラがどうこうではなく、ファンデッド伯爵家に何かあるのでは？　とセミナは勘繰り、サラに質問を投げかけた。

「失礼ですがサラ様は、このような湯浴みをするのは初めてでしょうか？」

「え？　どうしてそう思うの？」

「単純に慣れていないご様子に見えましたので」

「!?　……な、慣れてるわーー。毎日こうだったわよーー。うふふーー。あははーー。セミナったらおかしなことを言うのねーー。おほほほーー」

「……。左様でございましたか。失礼いたしました」

これは嘘だな……とセミナだけではなくこの場にいるサラ以外の全員がそう思ったけれども、口には出さない。

一つは隠すには理由があるのだろうから、追々知っていけば良いかと思ったから。

もう一つは。

「「「サラ様は可愛らしい方ですね」」」

「え？　なーに？」

下手な嘘をついた後のしてやったり顔が可愛かったから、まあそういうことである。

湯浴みを終え、身体の採寸が終わると晩餐のためのドレスを選ぶ運びとなった。

本来ならば事前に採寸するか、伯爵家から採寸データを事前に送ってもらいサラの身体にぴったりのドレスを何着か仕立てておくのだが。

新しく造られた専用のドレスルームで、サラに似合いそうなドレスを何着か手に取ったセミナは申し訳なさそうに頭を下げる。

「申し訳ありませんサラ様……可能な限り直ぐ公爵家御用達の仕立て屋を来させますので、しばらくは既製品で我慢していただければと……」

「え？　こんなに沢山素敵なドレスを用意してもらったのに、謝られる覚えなんてないわ？　本当に十分よ！　寧ろありがとうと叫びたいわ？」

「叫ぶのはちょっと……。お心遣い大変ありがたいのですが、そういうわけにはいきません。公爵夫人になるのですから、特注で何着か作っていただきませんと。好みが分かりませんでしたので、仕立て屋を呼ぶ日に宝石商もお呼びしますね。旦那様も了承済みですので」

「⁉」

伯爵家でのサラの格好といえば、襟付きの黒のワンピースに白いエプロンをつけた、典型的なお仕着せだった。しかもメイドが着古したボロボロのお古しか着ることは許されなかった。

そんなサラにとって特注のドレスに宝石なんて夢のまた夢のような話で、理解が追いつかないのが現状だ。

（ドレスに宝石……？　一体いくらになるのかしら……恐ろしくて聞けないわ）

しかしここでお金の話をするのは無作法というもの。セミナを困らせてしまうのも目に見えているし、サラはもう一度だけ念押しすることにした。

「なら全部必要最低限、カリクス様に恥をかかせない品で大丈夫だから。ほら、散財はあまり良くな――」

「一般的なご令嬢でしたらドレスと宝石を大変喜ばれるはずなのですが……」

「嬉しーー。とーーってても嬉しいなーー。ドレスも宝石も大好きーー」

「それは良うございました」

――何だかセミナに上手く操られているような気が……？

サラは小首を傾げたが、次々に大きな姿見の前でドレスを合わせてくるセミナが楽しそうに「どれにしましょうね。サラ様はお綺麗ですから全部お似合いですね」と褒めてくるので何も言えなかった。

（え？　今綺麗って言った？）

そう、サラは五歳以降、自分の顔も分からないのである。

何着か試着して、サラが身にまとったのはラベンダー色のドレスだった。

前から見ると細かなレースと淡い紫色の生地で可愛らしく、横と後ろはやや濃い紫の光沢のある生地でエレガントにも見える。

サラは顔が認識できないために自分に似合うもの、なんてことを考えたことは無かったものの、ドレス本来の美しさに目を見張った。

「素敵なドレスね……」

「サラ様が着ていらしたドレスもシンプルでお似合いでしたが、サラ様は目がぱっちりしていらして色白、メイクも映えそうですから、これくらい華やかでも十分着こなせます。ミルクティー色の長い髪にもよくお似合いです」

「ふふ、セミナは褒め上手ね」

「そんなことありません。主観ですが、サラ様はかなり美人の部類に入ります。可愛いと綺麗、両方兼ね備えています。社交界ではよく男性に声を掛けられたのではありませんか？」

「それは………」

サラは返答に困り、口籠った。

最後に社交界に出たのは、十三歳のとき、王族主催のお茶会に母とミナリーと参加したときだ。

今日こそは絶対に相手を間違えないようにしなさいと母から言われていたため、サラは事前に王族や上級貴族のことを調べて可能な限り記憶して臨んだのだが。第三王子に話し掛けられたのだが第二王子と勘違いして相手を怒らせ、ファンデッド家に恥をかかせてしまうという結果になってしまった。

サラは幼少期から妹と比べられ粗末な扱いはされていたものの、それでもまだ家族としての扱いは受けていた。しかしその事件後、両親に激怒され、完全に見放され、ミナリーからは下に見られ、家族全員から使用人——いや、下僕のような扱いを受けるようになったのである。

不細工と言われ、嘘つき、穀潰しと言われていたことも記憶に新しい。

「サラ様？　申し訳ありません……何か失礼なことでも……」

「……！　ううん違うの、本当に綺麗なドレスだなって見惚れちゃっただけよ、ごめんなさい」

サラはそう言って愛想笑いの出来損ないのようなものを浮かべて「準備の続きをしないとね」と言いながらドレッサーに腰掛ける。

何かを感じとったセミナは話を掘り返すことはせず、サラの美しさを存分に引き出せるようにメイクと髪の毛の仕上げをするのだった。

薄く化粧を施され、髪の毛もハーフアップに結われたサラはダイニングルームへと足を運んだ。

扉を開けてもらい足を踏み入れると、きらびやかなシャンデリアと歴代の当主の絵画がずらりと飾られており、目を奪われた。

厳かな雰囲気はあるものの、色使いや所々に飾られている花々から温かさを感じられたサラは、まるでカリクスのようだと感じた。

「サラ、君はこちらへ」

「えっ、あ……カリクス様？　ですよね？　……ありがとうございます」

てっきりヴァッシュかセミナが席に案内してくれると思っていたサラだったが、その役は我先にとカリクスが買って出てくれた。一瞬誰か分からなかったので突然のことで驚いたものの、カリクスの好意に甘えることにする。

そのまま椅子の前までカリクスの後を付いて行くと椅子を引かれる。たったそれだけのことでも所作が美しく、サラは彼の教養の高さを改めて確認する。

やはり公爵家の当主ともなる人間は、そこのところ抜かりないのだろう。

サラは暫く社交界を離れていたため不安はあったものの、何年もかけて習ってきた淑女の基本を思い出し、静かに着席した。

そうしてカリクスも上座に着席すると、二人は斜めに向かい合う形となった。

「そのドレス、良く似合っている。元から可愛らしかったが、今は美しいの一言だ。メイクも髪型も素敵だな。私には勿体ないくらいだ」

「そ、そんなにですか……⁉　あ、ありがとうございます……！　何から何まで用意してくださって……公爵家にばかり負担させてしまって申し訳ありません」

「そこは気にしなくて良い。当然のことだから。ほら、前菜が来たから頂こうか」

「はい」

運ばれてきたホワイトアスパラガスのマリネ。春の旬物で季節を感じられ、香りでは食欲をそそられ、唾液が溢れるのを感じる。

一口食べるとじゅわっとみずみずしさが広がり、ソースとの相性が最高でサラは頬にそっと手を添えた。

「ん〜〜！　とっても美味しいです！」

「それは良かった。後でシェフが挨拶に来るから言ってやってくれ」

「勿論です……この感動を是非伝えたいです……ほっぺたが落ちそうです……」

「フッ、料理人冥利に尽きるだろうな」

それからも数々の料理が出てきては、サラはカリクスと談笑をしながら、何より味わいながら食していった。

しかし、次にメイン料理が運ばれてくる、という頃に問題が起こった。

「どうした？　手が止まっているようだが」

「あ、えっと……ですね………」

「苦手なものだったか？」

ちら、とカリクスはサラの手元にある皿を見る。

苦手なものならば無理をする必要はないと言おうと思ったが、サラの返答はそうではなかった。

「違うんです……とっても食べたいの、ですが……」

「？」

サラの言葉がどんどんと小さくなるのと同時に、顔色が悪くなっていくことに気付いたのはカリクスだけではなかった。

カリクスの後ろに控えるヴァッシュもまたそのことに気付き、サラの後ろに控えるセミナに目配せで指示を送る。

セミナはサラの隣まで来ると、顔を覗き込むようにしてそっと肩に触れた。

「サラ様？　大丈夫で――」

「うう……っ」

「サラ……!!」

「サラ様……!?」

――ガシャン！

持っていたナイフとフォークは、サラが呻き声を発した直後に床に落ちる。

まさか毒が――？　とその場にいる全員が疑念を抱いたものの、カリクスは至って元気なことと、シェフを含め使用人たち全員がサラに危害を加える動機がないことから可能性としては低い。そもそもカリクスに妻を、と望んだのは使用人たちだ。そんな彼ら彼女らがサラを傷つけることなどあり得ないのだ。

「サラ大丈夫か⁉　どこか痛いのか⁉」

カリクスは即座にサラの元へ行くと、彼女を自分にもたれ掛かるように体勢を変えて症状を見る。

額にはたっぷりの汗をかいていて呼吸も浅く、顔色も悪い。一刻の猶予もないかもしれない。

カリクスはどうしたら良いのかと頭を働かせると、サラはうっすら目を開けた。

「お腹が……いた、くて……っ」

「今ヴァッシュが医者を呼びに行った……！　すぐ来るから！」

「お医者、様は……必要ありません……！」

「何を言ってる！　こんなにも辛そうじゃないか……っ！」

「これ、は…………ただ、胃がびっくり、しただけの、いたたっ、……腹痛、です」

「な、に？」

そこでサラは痛みで意識を手放した。

カリクスの心配する顔を、微かに視界に捉えながら。

◆◆◆

「ん……？　ここは……？」

重たい瞼がゆるゆると上下する。もう少しだ、と開ききれば、見慣れない天井にサラは記憶を辿った。

（あれ……？　私何で……？　カリクス様と食事してて……それで）

まだぼんやりするから寝てしまいたいがどうも喉の渇きが気になって、サラはゆっくりと上半身を起こす。

「あ……ここ私の部屋だ……」

ソファーも壁紙も絨毯も全て、記憶している。用意された自分の部屋だ。

視界の端に映ったカーテンの隙間からは朝の陽光が差していることから、約半日経っていることを理解したサラは、喉の渇きも当然なのだろうと考えながらベッドを下りる。

「あれ、何だろう……?」

しかしそこで違和感が二つ。一つは入口の扉が十センチほど開いていること。閉め忘れは考えづらい。

そしてもう一つはソファーから誰かの足がひょこ、と飛び出していること。

サラの立っている角度からはソファーの背面部分しか見えず、誰なのか確認しようとおずおずと近づくと、足音に気付いたのかその人物がもぞもぞと動き始める。

そのままゆっくりと起き上がると、顔がこちらを見たことだけサラは認識出来た。

「おはよう、サラ」

「えっと、おはようございます。カリクス様……ですか?」

「ああ、カリクスだ。驚いただろう、済まない」

「い、いえ」

寝起きだからか僅かに上擦った声は色気を孕んでいて、昨日の声とは少し異なっていたので、サラはカリクスだと判断するのにやや戸惑ってしまう。

そんなサラの心情を酌んでか、まずは名乗らないとな……とぶつぶつ独り言を喋っているカリクスに、サラは話しかける。

「えっと、申し訳ありません。状況を説明していただきたいのですが……」

「それもそうだな。ならとりあえずセミナを呼んでこよう。私は自分の部屋に戻っているから、身支度と朝食を済ませるといい。話はそれからだ」

「分かりました」

それからカリクスは立ち上がると、ぼんやりと立ち尽くすサラに近づいていく。

ピタリと彼女の前で止まると、低い位置にあるサラの顔を覗き込んで優しく微笑みながら、そっと頬に触れた。

唐突にゴツゴツとした大きな手で頬を触れられたサラは、全身がピクンと動いて驚いたことを表現することになり、カリクスはその様にフッと口元を緩める。

「顔色が良くなっている。良かった」

「はっ、はい……！」

「あはは、驚き過ぎだ。君は朝から可愛いな」

「へ？　今なんと……？」

自身の心臓がバクバクと高鳴る音で後半の言葉が聞こえなかったサラが聞き返すと、カリクスは頬にやっていた手を頭にずらして、ポンポンと叩いてから部屋を出ていく。

しばらくして慌てて部屋に入ってくるセミナに、昨日から今日にかけての一連の出来事を聞いたサラが、顔を真っ赤にして悶絶することになるのは約数十分後のこと。

カリクスは自室に戻った直後、ベルを鳴らしてヴァッシュを呼び出した。

すぐさま現れたヴァッシュに「湯浴みはいかがされますか？」と聞かれ、そういえばと思いを馳せる。

昨日は夕食時にサラが倒れてからというもの、正直湯浴みどころではなかった。服さえ着替えていない。寝汗で身体もベタつくし、不衛生は当主として如何なものかとカリクスは提案を受け入れるが、その前に、と準備に取り掛かろうとするヴァッシュを引き留めた。

「準備は他のものに。お前にはやってほしいことがある」

「なんなりと」

「サラが伯爵家でどのような扱いを受けていたか調べてくれ。もちろん彼女にはバレないように。メイド長のセミナにもサラのおかしな点や気づいたことを報告させろ」

「かしこまりました。……僭越ながら、理由を聞いてもよろしいですかな？」

ほほほ、とヴァッシュが微笑む。それは普段見せる執事として当主を見る笑顔ではない。まだ「坊っちゃん」と呼ばれていた時代に時折見られた楽しそうな笑顔に、カリクスはやり辛さを感じながら、椅子に深く腰掛けたまま足を組み替えた。

「言わずとも分かるだろう。一般的な伯爵令嬢とは育ってきた環境が違うと感じたからだ。顔が認識出来ないことを打ち明けるときも辛そうだったし……もしかしたら家族から………」

「それならば今から旦那様や我らがサラ様を大切にすればいいだけの話では？　過去を調べるほど

のことですかな。結婚相手など誰でも良かったとサラ様にも言っておりませんでしたか？　ほほほ」

ヴァッシュの棘のある言葉にハッとし、そして昨日の自分に嫌気が差した。

少なくともカリクスにとって、サラが顔や表情を認識出来ないことは欠点ではないのだ。

見境なく剣を向ける暴君やら、冷酷で残虐性があるやら——火傷痕を見てそう噂を流し、時には可哀想に、と同情するような貴族とサラは違った。

この火傷が有り難いといい、優しいオーラを感じるとまで言ってくれた。

顔が分からないから、という理由で片付けてしまえばそれまでだが、カリクスにはサラ自身が清く、優しい心の持ち主だからだと本能的に感じ取れたのだ。

ぐしゃっ——右手で前髪を掻き上げたカリクスは、鋭い目つきでヴァッシュを見た。

「私が適当に相手を選び結婚相手は誰でも、と言っていたことは忘れろ。——今すぐだ」

「——御意」

「それとサラのこと、すぐに調べろ。そして全て報告しろ。急げ」

「かしこまりました旦那様」

サラ、穴があったら入りたい

「きゃーーー！！！　嘘でしょ⁉　セミナ嘘だって言って⁉」

「本当です。この目ではっきりと見ました。因みにそのときの旦那様のご様子は――」

「もういいから……！」

とセミナの言葉を制したのは朝食のコンソメスープを掬う途中のサラだ。動物性タンパク質は暫く控えるようにとのことで、サラ専用に根菜類を柔らかく煮て作られている。

簡単な身支度を終え、ウェストの緩い楽なドレスを着用したサラは、用意されたコンソメスープに舌鼓を打つ――はずだったのだが。セミナに昨日の一件を軽く聞いたのが全ての始まりだった。

「サラ様、お食事中ですよ」

「わ、分かっているけれど……！　でも、だって……っ」

驚いている影響か、サラが持っているスプーンがカタカタと小刻みに動く。

これでは、スープなんて飲めたものではないと考えたセミナは、サラを落ち着かせるためにもう一度懇切丁寧に昨日のことを振り返るのだった。

「昨日お食事中、サラ様は突如倒れて意識を失いました。サラ様本人は胃がびっくりして痛い、と言っておられ、その後到着したお医者様も同じことを仰っていました。そのために今日からは胃に優しい物をとりつつ、普通の食事は少しずつ慣らすようにと。ちなみに胃痛軽減のお薬を出していただいたのですが渦中のサラ様は意識を失っておりましたので、カリクス様が口移しをしたことでサラ様は無事お飲みに――」

「最後のところ、さらっと言うけど……！」

「サラ、だけに……」

「えっ⁉　セミナってそういう冗談言う人だったのね……？」

（普段は淡々と喋るから冗談とか言わないと思っていたけれど……って、そうじゃないわ）

せっかく作ってもらったスープが冷めてしまうのは勿体ないので、完食してからサラは考える。

事情があったにせよ、まだ婚姻前の身でキスなんて――。

恥ずかしさと、カリクスの唇を奪ってしまった申し訳無さでサラは分かりやすく頭を抱えた。

「やはり唇を奪われてしまったのはショックでしたか？」

「私じゃなくてカリクス様に申し訳なくて……ほら、私たちお互い好きでこうなってる訳じゃないから」

「……旦那様は自分が嫌なことをわざわざする方ではないと思いますが」

「そうかしら……優しくて気遣いのできる方だから何も言わないだけで、さぞ不快だったのかもしれないわ……。後で謝りにいかないと……」

サラが頑なにこういうので、セミナは余計なお世話になるかと、これ以上何も言わなかった。

朝食を終えたサラはカリクスの元へ行こうかと思ったが、午前中は多忙とのことで予定を変更してセミナと共にキッチンへ向かうことにした。

「お仕事中ごめんなさい。失礼するわね」

「奥様……‼」

「マイク、まだ婚姻は済んでいないから奥様ではないわよ」

「あ、そうか！　それでサラ様はどうしてこちらに？」

声を聞く限り四十代くらいだろうか。溌剌《はつらつ》とした声が印象的な男性のシェフ——マイク。

サラはマイクに頼んで他の料理人たちを集めてもらうと、何事だろうかとザワザワしている中で勢いよく頭を下げる。

「昨日は食事を台無しにしてしまってごめんなさい……！　見た目も素敵で、とっても美味しくて、全部食べたかったのだけど、私の胃が弱かったせいで……」

「サラ様顔を上げてください!!　そう言ってもらえるなんて、我々は料理人冥利に尽きるってもんです」

マイクに続くように、全員がサラのことを少したりとも責めることはなかった。

反対に「来てくれてありがとう！」「好きな料理を教えてください」「また胃に優しいもの作りますね」と一様に優しい言葉を掛けられ、サラはなんだか目頭が熱くなる。

「皆さん……ありがとう……！　これからもよろしくお願いします……！」

周りには居なかった優しくて温かい人たち。こういう人たちと出会うことで、サラは顔が見られたらと強く思う。

しかしそれは願っても叶うことはなくて、そのことはサラが一番良く分かっていた。

「皆さん……もう一つ伝えたいことがあって」

それならば、この事実を受け入れてもらうしかないのである。カリクスとの出会い、セミナやヴァッシュとの出会いが、サラの心を強くしたのだった。

◆◆◆

午後になり、昼食をとるとすぐに執務を再開させたのはカリクスだ。

昼食後に休憩がてらサラの様子を見に行こうと思っていたのだが、多忙のためそれは叶わなかった。

しかしそんなとき、執務室の扉がコンコンとノックされる。

ヴァッシュにはサラの件を調べるよう言ってあるし、他の家臣たちには昼休憩にすると伝えたばかりだ。

（まさか……）

淡い期待を胸に、カリクスは冷静な素振りで「どうぞ」と言うと、ギギ……と扉が開く。

視界に映ったのは会いに行こうと思っていたその人だった。

一瞬頬が緩む。こんな表情を見られては照れくさいカリクスにとっては、バレないことが今は救いだったと言える。

「失礼いたします。少しだけ……お時間よろしいですか？」

「ああ、構わない。一人か？」

「セミナにはお昼の休憩をとってもらっています」

許しを得たサラは昨日座ったのと同じソファーに腰を下ろすと、カリクスも向かいの席に腰を下ろす。

「それで、どうした？」

「あの……！　つい先程なのですが……！」

何やらサラは興奮しているのか、ずいと前のめりになっていて、声もやや大きい。もしかしたら嬉しいことがあったのかもしれないとカリクスが相槌を打つと、サラは満面に喜色を湛《たた》える。

「昨日の食事の件、マイクさんたちに謝罪したら快く許してもらえまして……！」

「体調のことは仕方がないからな……けど良かった」

「はい！　それで……こんなに優しい人たちなら私のことも受け入れてもらえるんじゃないかと症状を打ち明けたところ、皆さん理解してくださって」

「ああ」

「顔が分からなくても大丈夫だって、間違えても大丈夫だから話しかけてほしいって……っ、会うたびに名前や職種も言うからゆっくり覚えていけば良いよって……」

「——そうか」

サラが言うそれは、別に大したことではないのだ。

少し工夫すれば済むこと、少し手を貸せば円滑に進むこと、世の中にはそんなことが沢山あるのに、それを当たり前に出来ない人間がいる。

きっとサラの周りにいた人間は、できない方の人間だったのだろう。

「サラ。私や、ヴァッシュやセミナ、屋敷の使用人たち全員、君を傷つけたり、君の症状を嘘の一言で片付けたりしない。きちんと向き合って一緒に考えるから、大丈夫だ」

「……っ」

「お茶でも飲もうか。アールグレイは好きか？」

「それなら私が……!!」

「君は座っていろ。良ければまた今度入れてくれ」

そうしてサラは、カリクスが入れてくれた紅茶で喉を潤し、身体全体がじんわりと温かくなるのを感じた。

ほぉ……と、一息ついて、カリクスをちらりと見る。

今日も今日とて、顔として認識はできないが、左目を覆うようにある赤み――火傷痕。

サラにはそれが温かみのある優しいオーラのように見えるのだが、昨日はただそれだけだった。

けれど今日はそのオーラが少し違うように見えるのである。

サラにジッと見られていることに気が付いたカリクスは、少しはにかんだ。

「……どうした？」

「何故かは私も分からないのですが、左目の火傷の痕が……カリクス様を守っているように見えるのです」

「……！」

「カリクス様を包み込んでる……？　うーん……上手く言えませんが……。申し訳ありません、突然変なことを」

「いや……驚いた」

カリクスがその言葉を吐いてから、少しの間沈黙が流れた。

昨日初めて会ったばかりだというのに、その沈黙が怖くないのはカリクスが優しい人だとサラは知っているから。

「君は──」

カリクスはポツリと呟いて、ちょこんとソファーに座りながら言葉の続きを待っているサラを見つめる。

その視線が熱を帯びていることをサラは分からなかったし、カリクス本人も今は知らせないほうが良いと思った。

「もしかしたら……誰よりもきちんと人というものが見えているのかもしれないな」

「？　そ、そうですか……？」

「こと恋愛に関してはかなり鈍そうだが」

「恋愛、ですか。……考えたこともなく…………あっ！」

サラが何かを思い出したように立ち上がる。

みるみるうちに赤くなる顔に、カリクスはおおよその予測が立ったのだった。

「その、本当はこれを伝えにきたんです……!!　非常事態だったとはいえ、婚前ですのにキスをさせてしまって申し訳ありません……！」

「ああ、構わない。結婚したらもっと凄いことをするから」

「もっと、とは……？」

「……悪いようにはしないから大丈夫。いずれ分かるよ」

「…………？」

サラの大きな目がパチパチと開いて閉じてを繰り返す。小首を傾げるサラに対して、カリクスは困ったように笑って見せた。

サラ、本領発揮する

公爵家に住み始めてから数日が経った。

サラは積極的に使用人たちと交流を持つべく、自身の事情を説明しながら、そしてセミナにフォローをしてもらいながら関わりを深めていった。

シェフのマイクをはじめ、庭師のトム、湯浴み担当のケーナー、ハンナなど、特に会うことの多い使用人たちは声だけで分かるようにもなった。

屋敷の一員になれた気がして、サラは毎日が楽しくて仕方がない。

そんなサラの一日といえば、起床してからセミナに身支度を手伝ってもらい、朝食を食べ、自由時間は読書をしたり使用人たちをより深く知るために様子を見に行ったり。そして昼食をとり、また自由時間を過ごし、カリクスと夕食を共にし、湯浴みをして就寝するというもの。

夕食時。最後のデザートを食べ終わったサラは、フォークとナイフを置いてため息を吐き出す。

「……これじゃあ、だめだわ」

「どうした急に。口に合わなかったか？」

「いえいえ……！　もう全て文句なしに美味しかったですわ!!　だめなのは私のことです！　食べて寝てを繰り返していることにやっと気が付きました……」

最近、ようやく普通の食事をとっても大丈夫だと医者の太鼓判を捺してもらってからというもの、サラは食事の尊さを知った。

寝床も伯爵家の屋根裏部屋にあるカチカチのベッドとは違い、フカフカなので睡眠の質も最高だ。起きたときに身体が痛くないのって素晴らしい！　と感動したのは記憶に新しい。

使用人たちの仕事を何度か手伝おうと掃除や炊事をしようにも「未来の奥様にさせられません」と断固させてもらえず、そもそも手伝わせてもらっても同じクオリティーで働ける自信は今のサラにはなかった。

公爵家の使用人は皆、超一流だったのだ。

（働かざる者食うべからず、なのに、私ったら皆が優しいからって浮かれていたわ……こんなこと続けていたら穀潰しと言われて公爵家を追い出されてしまうかも……！）

サラはカリクスのことをしっかりと見据え、必死の様子で懇願する。

「私、カリクス様の未来の妻として何かお仕事がしたいです」

「……もう仕事はしていると思うが」

「え!?」

「君が来てから屋敷が明るくなり、使用人たち全員が仕事に対する意識が上がっているとヴァッシュから報告を受けている。シェフと新しくメニューを考案したり、庭師には新しい肥料について議論を交わしたり、自ら花を生けて飾ったり……これらは十分屋敷を管理する公爵夫人としての仕事だ。むしろこの短時間によく頑張ってくれている。ありがとう」

「あ、あ、あ、ありがとうだなんて……！」

言葉から伝わってくる感謝の思いに、カリクスが嘘を吐いていないことも、適当に言葉を並べている訳でもないこともサラには分かったし、確かに事実それはしたのかもしれない。

しかしサラにとっては、それはとても楽しい時間だったし仕事という認識で行ったものではないのだ。だからあまりカリクスの言葉が腑に落ちなかった。

そのうえ伯爵家にいた頃、サラはどれだけ家族に尽くしても褒めてもらうことなど無かったので、たったこれだけのことで？　という違和感が拭えなかった。

そのことが表情に出ていたのか、カリクスは「不満か？」と聞いてくるので、サラは思ったことを口にすることにした。

「今の生活はとても穏やかで楽しくて、カリクス様にも屋敷の皆にも感謝に堪えません……けれど私は好きでやっているだけで、感謝はもちろん……褒められることではないんです」

「…………」

「ですから正式にお仕事を命じていただきたいのです……！　衣食住を確保していただいているので、それを労働力でお返ししたいです……！」

サラの切実な態度に、カリクスは苦笑する他なかった。

そこまで言うなら何か仕事を、と思う一方で、婚姻前の今は、屋敷に慣れることやお互いのことをもっと知ろうとすることで十二分だとカリクスは思っているからだ。

しかし、おそらくそれではサラの気は収まらないのだろう。それならば無理をしないように、自分の目の届く範囲で──カリクスはそう考える。

「なら明日から私の仕事を手伝ってくれ」

「カリクス様の？」

「ああ。読み書きさえできれば問題ない。今は少し人手が足りていなくてな。サラが手伝ってくれるととても助かるんだが」

「もちろんです……！　精一杯させていただきます！　ありがとうございます……!!」

サラのご満悦の様子に、カリクスは頬が綻ぶと同時に、やはり違和感を禁じ得ない。

サラの仕事に対する感覚、感謝されることへの不慣れさは貴族として異常だ。仕事を頼む姿なんか鬼気迫るものがあった。

ヴァッシュからまだ報告は上がっていないが、やはり実家で何か──カリクスはそこまで考えて、聞くことはなかった。

サラが誤魔化す姿が目に浮かんだからだ。あれはあれで可愛いから見たい気持ちもあるのだが。

「カリクス様、この機会ですので一つお聞きしたいことがあるのですが」

「ん？　どうした」

カリクスは、はて、とサラの言葉を待った。

「私はカリクス様といつ結婚するのでしょうか？　なかなかその話をされないようなので、もしやこの話は白紙に戻されるのでしょうか」

「ない、それは断固としてない」

「それは良かったです」

とホッとした様子のサラに対し、カリクスは頬が引き攣《つ》る思いだ。まさかそこを不安がられるとは夢にも思っていなかった。

確かに今回輿入れと称して公爵家に住まわせておきながら、婚姻を結んでいないというのはおかしな話ではあるが、それにはきちんと理由がある。

そもそも今回カリクスの花嫁として嫁ぐのは妹のミナリーのはずだった。

今となってはサラが来てくれて本当に良かったのだが。一旦それは置いておくとして。

カリクスは当初、相手は誰でも良かったので、輿入れが済み次第直ぐに婚姻を結ぶ予定だった。そのことはファンデッド伯爵家には既に連絡済みだったし、妻となる女性も了承済みのはずだったからだ。

しかし実際に嫁いできたのは姉のサラだった。

彼女に顔の認識のことを打ち明けられ、人柄に触れ、共に暮らしていくうちにカリクスは、こう考えるようになったのだ。

相手は誰でも良かったと誤解したままのサラと、夫婦になっても良いのかと。

誤解を解くにしても日が浅い上、サラはこと恋愛に関して鈍感なのでおそらく話にならないだろう。サラにこの感情を理解してもらうには、言葉だけでなく、態度で示す必要がある。

難攻不落の城を落とすには、下準備が大切なのだ。

「サラ、言うのが遅くなって済まないが、私は君と夫婦になりたいと思っているし、なるつもりだ。ただ手続きに少し時間がかかっていてね。実際に夫婦になるのは一年ほど後だと思う。それまでは婚約者としてよろしく頼む」

「そうだったのですね……私ったら早とちりを……申し訳ありません。承知いたしました」

「いや良いんだ。言わなかった私の落ち度だから」

本来婚姻の手続きは一週間とかからないが、どうやらサラは信じてくれたらしい。

カリクスは安堵してホッと一息ついた。

◆◆◆

次の日になり、朝食を食べ終えたサラは早速執務室にやってきては書類仕事を承った。

昨日言われた通り仕事は簡単で、カリクスの指示により家臣たちが作った資料の添削だ。

添削と言っても内容は分からないだろうから、明らかな言葉の間違いが無ければ良いとのこと。

それなら出来そうです！　とサラは気合が入った。

そうして現在、サラは仕事をするべく家臣のマークスから書類を受け取るのだが、実はこの書類、間違いがないと事前に確認したものだった。

人となりは別として、一部の家臣たちは仕事を任せられるほどサラのことを信用していなかったからだ。才女だという噂もなく、有名な学院の出でもない。家臣たちにおいては自分たちの領域を侵すサラは、目の上のたんこぶだった。

「あの、マークスさん」

「……何か間違いでもありましたか？」

隣に座ったマークスにサラが話しかけると、事前に確認した書類なのによく言うよ、と家臣の誰かがボソリと呟く。

このことは半数程度の家臣は知っていて、知らないのはカリクスとアーデナー家に昔から仕える者だった。マークスは今日、というよりこれから、間違いのない書類を渡し続けてサラを執務室から用無しだと追い出すつもりだ。恨みなんて全く無いが、勉強もせず、男社会の大変さも知らないサラが、あっさりとこの場にいるのが気に食わなかった。

しかし次の瞬間、サラの言葉にマークスだけでなく、執務室にいる全員が手を止めて目を見開くことになる。

「アーデナー領地の西端の森で収穫されるパトンの実ですが、数が五万と書いてありますが、おそらく五千ではないですか？　去年大雨が続いたせいで今年は不作のはずです。

……そうすると取り扱う値段を改定しなければなりませんね。一つ大体一万ピリーといったところでしょうか。かなり高値ですから、貴族中心に売ることを念頭に置くべきです。

そうなると去年まで平民向けにパトンの実を扱っていた店が困りますから、ここより少し北にある、ジュラールの森で採れるキロロの実が代わりに適していると思います。

この実は雨に強いので今年も豊作ですし、問題ないでしょう。とはいえ天候に左右されてばかりいては安定して商売ができない領民がいるでしょうから、公爵家に予算が残っている場合、パトンの実を毎年一定数収穫出来るように栽培する研究を進めるのも良いかと思います。

　ご要望とあれば研究費やら人件費やらその他の施設費など計算して直ぐにまとめて提出しますが――。って、あれ…………？　喋りすぎ、ですか……？」

　ザワザワと執務室内が騒がしくなる。

　表情も読めないサラは皆がどんな顔をしているのか分からなかったが、肌にチクチクと突き刺さるような鋭い目線を向けられていることは分かった。

「サラ、カリクスだ。少し良いか」

「はっ、はい……！」

　人が多いときや周りが賑やかな時は、名乗ってから声をかけるカリクス。その姿に事前にサラの事情を聞かされていた家臣たちは、本当に人の見分けがつかないことを実感する。

　椅子から下りたカリクスはサラの前で立ち止まり、じっと彼女を見つめた。

「君は領主代行をしていたのか？」

「はい……!?」

　カリクスの発言により一際騒がしくなった執務室内で「そうか」「だからか」「なるほど」と揃ってぶつくさと頷く家臣たち。

　サラは大きく首を横に振りながら、両手を胸の前でブンブン振って否定の意を表した。

「そんなわけないじゃないですか……！」

「そう、だよな。済まない。……だがそれなら一体どうやってその知識と経営術を学んだんだ？」

「え？　それは、普通に……ファンデッド家の領地経営のお手伝いをしていただけですが……」

「手伝い……具体的には何を？」

「領地経営での金銭面の精算や諸々の管理、他の領地と差別化を図るために調べ物をしたり、その情報の一部は商人に渡して経済を回した方が良いと父に助言をしたり……人材の確保は父がしていたので、その辺りは経験がないのですが……」

「……………サラ、それは」

「分かっています……！　こんなこと誰でも出来ることなんですよね……⁉　自分が凄いだなんて本当にこれっぽっちも思っていま――」

「サラ、分かったから落ち着くんだ」

ぽん、と頭に手を置かれる。そのまま優しく何度も撫でられ、その手はするりと頬に触れる。

サラはいきなりのことにピクリと小さく身体を揺らしたが、その後は石像のように固まってしまう。

するとサラの右手はカリクスの空いている方の左手に絡め取られるやいなや、彼の頬へと誘われた。

キュッと力が込められているカリクスの頬に触れたサラは、彼の口角が上がっていることに確信を持つと、少しだけ頬を膨らませた。

「カリクス様……笑ってますわね」

「ああ。あまりにもサラが固まっていたから、つい」

「私で遊ぶのはおやめください……‼」

「そう怒るな。可愛い顔が台無しだぞ」

「今日のカリクス様は冗談がお好きなのですね……」

――え？　私たちは一体何を見せられているのだろうか？

一人として声には出さなかったが、家臣全員がもれなくそう思っていた。

そもそも結婚を、とカリクスに求めたのは使用人たちだけでなく、家臣たちもだ。アーデナー家をより繁栄させるためには体裁もあるし、支えてくれる妻の存在は大きいはずだと。

しかし、それにしたってこれは。

基本的には温厚だが仕事に関しては厳しいカリクスが、最近現れた未来の妻（現婚約者）に向かって、こちらが照れるくらいにデレデレしているのだ。

家臣たちは正直見ていられない。しかしカリクスたちから目線を逸らそうにも、他の家臣たちと気まずい目線がかち合ってこれもまた気まずい。

どうしたものか……と頭を悩ませる家臣たちだったが、そこに救世主が現れるのだった。

「失礼いたします。……なんですかなこの空気は」

「「ヴァッシュさんんん！！！」」

その時ようやくカリクスはサラから手を離し、大声を上げた家臣たちにギロリと鋭い視線を向ける。

「お前たち煩いぞ。もう少し静かにしろ」

「「もっ、申し訳ありません……!!」」

まさに『悪人公爵』の名は伊達ではない、氷のような瞳とズシンとくるほどの低い声。サラには表情は分からないものの、その分威圧感があるのはひしひしと伝わり、黒目をキョロキョロとさせた。

この屋敷に来てから噂とは正反対で、気遣いが出来て優しいカリクスしか見てこなかったサラには、どう反応すれば良いのか分からなかった。

「サラ」

一転して優しい声を頭上からかけられる。

サラはおずおずとした様子でカリクスに視線を向けた。

「済まない。怒っていないから大丈夫」

「本当……ですか？」

「本当。怒ってないけど残念だと思っただけだ」

「残念、とは何がですか？」

サラの疑問に対して、カリクスは苦笑をして「何でもないよ」とだけ答えるとヴァッシュの元へ歩いて行った。


それからカリクスとヴァッシュは話があるからと執務室を出ていったので、また通常業務が始まるはずだったのだが。

役に立たないと思っていた伯爵令嬢の思わぬ知識と経験に、家臣たちはこぞってサラに話し掛けたのだった。

「サラ様!!　私はカムナと申します！　ファンデッド領地での輸入ルートについて――」

「お前ずるいぞ！　私はジスクアートと申します！　今後のパトンの実の栽培について詳細を――」

「サラ様……！　フィーダーと申します！　領地経営全体の概算を出すのに詰まっていて、お手伝いいただき――」

「ずるいぞ!!　サラ様私は――」

「少し待ってください皆さん……！　落ち着いてください……！」

（たったあれだけのことでどうしてこんなに。伯爵令嬢なら領地経営くらい出来て当然だと教えられてきたから、てっきりその程度かと馬鹿にされると思っていたのに……。って、あれ？　そういえばミナリーは経営に携わって無かったわね……。お父様は今頃お一人でお仕事をしているのかしら。ううん、お母様もきっと手伝っているはず……。領民たちの生活は大丈夫……よね？）

何故かファンデッド領地のことを考えると、酷く心臓がドクドクと騒ぐ。

サラは深呼吸してそれを落ち着かせてから、時間をかけて一人ひとり、家臣たちと向き合い始めるのだった。

◆◆◆

一方その頃ファンデッド伯爵家では。

「見ろ二人共！　アーデナー家から早速援助金が届いたぞ！」

「本当……!?　ミナリーにも見せて！」

「貴方、私にも見せてくださいな」

とあるメイドは金銭に群がり厭らしい笑みを浮かべる三人を、部屋の端から横目で見ていた。

三人の目があったためにおおっぴらには出来なかったが、そのメイド――カツィルは優しくて頑張り屋で聡明なサラのことが大好きだったので、彼女が身代わりになったおかげで届いた金銭には目を背けたくなる。それに群がる三人に対しては嫌悪感しか浮かばず、雇用主に対してとは思えない冷めた瞳しか出来なかった。

「こりゃあ凄い……！　ひと月の利益とおよそ同額の金だ!!」

「すごーーい!!　ねっねっ、お父様！　ミナリー新しいドレスが欲しいな」

「私は今度招待されているお茶会に新しいジュエリーを着けていきたいわ。ね？　良いでしょう？」

「がっはっは!!　これだけの大金だ!!　お前たちの欲しい物くらい好きに買いなさい」

カツィルの手にぐぐぐと力が入る。

数日前、サラは突如としてミナリーの代わりに嫁ぐよう言われ、それを引き受けた。

それをカツィルは給仕をしながら、事のあらましは全て聞いていたのだ。

だというのに、援助金が届いたら直ぐにこれだ。自分達の欲望のために、犠牲になったサラのことなんて頭の隅にも無いかというように振る舞うのだ。

そんなの、あの『悪人公爵』の下に身体一つで嫁いでいったサラが可哀想じゃないか。

それでもカツィルは下級メイドだ。そうそう簡単に働き先が見つかる訳ではない。ここで声を上げて、仕事を失うわけにはいかなかった。

――けれど叶うのならば。

「しかし事前の話より金額が多いな……もしやあのブサイク、床上手なんじゃないか？」

「嫌ですわ貴方ったら！　お、げ、ひ、ん！　けれど人には一つくらい才能は有るものですから、あの穀潰しにも殿方を喜ばせる才能があったことは誉れでしょう」

「やだ～不潔だわ！　ミナリーは絶対あんな噂の公爵様は嫌だもの。代わってもらって正解ね」

――幸せになってほしいと、心の底から願った。

こんな最低な家族のことなんて忘れて、どうか、どうか、ささやかでも幸せな生活を送っていてほしいと。

「ゲスが………」

誰にも聞こえないほどの微かな声で、カツィルはそう呟く。

これからこんな光景をずっと見続けるくらいなら、田舎で畑を手伝いながら生きる方が良いかもしれない。

カツィルは本気でそう思って、そしてもう一つ願った。

こんな家、早く潰れてしまえば良いのに、と。

サラ、初めてのデート？

「サラ様、今日も執務室ですか？」

「ええ。けれどその前に畑の管理を任されているトムさんのところへ行くわ。パトンの実のことで話を詰めないといけないから」

「かしこまりました。お供します」

季節はそろそろ夏になる。サラがアーデナー家へやってきてから早二ヶ月が経とうとしていた。乾いた生暖かい空気が身体にまとわりつくように吹いては、これからの猛烈な暑さの前兆だと知らせてくる。

風通しの良いクリーム色のドレスを身に纏ったサラは、暑さなどものともしない軽やかな足取りで屋敷の裏側にある畑へと繰り出した。

トレードマークの麦わら帽子を見つけたので、サラはセミナに確認することなく声をかける。

「トムさんおはようございます！」

「いらっしゃいサラ様！　今日も元気だね」

「そりゃあもう、ふかふかのベッドに美味しい朝食、それに優雅に紅茶まで飲めるんですもの！元気に決まっているわ」

「あはは！　そりゃ貴族なら当たり前だろうて！　サラ様はやっぱり変わってるな」

「!?　そそそそーよねーー。普通よねーー。貴族だもの当然ーー」

「……サラ様、本題に移らなくて良いのですか？」

「ハッ、そうだったわ。ありがとうセミナ」

とにこやかに微笑んだサラ。

相変わらず嘘を吐くのは『超』がつくほど下手くそな彼女に、セミナは慣れたように話を切り替えた。

一般的な貴族令嬢と違うと言われたときサラは嘘をついたり、ごまかしていると分かったのは初日であり、その全貌は全てカリクスに報告済みである。

今日もサラが『棒読み』を発動したことは、セミナが合間を見て報告するつもりだ。

サラが公爵家に来た次の日、ヴァッシュからサラの気になることは全て報告するようにという命令を受けたセミナ。サラに対する警戒心や興味本位という意味ではなく、カリクスの小さな恋の灯火の表れであることを理解している。

セミナは無表情で感情が読みにくいなんて言われるが、半面観察力に優れているので人の感情には敏感なのである。

「ねぇトムさん、パトンの実のことなんだけど」

「おう、そうだったな！　それなら――」

今後の領民の生活を大きく左右するパトンの実の栽培。

パトンの実は程よい甘さがあり、すり潰してはちみつなんかを混ぜて焼くとパンと似た主食になり、そのまま焼いてもあっさりとしていて食べやすく全世代に人気がある。パトンの実一つあれば四人家族が一週間ほど食に困らないとまで言われている。

しかし欠点があり、天候や気温の変化に弱いということ。

これを専門家たちのもと栽培することで欠点部分を回避、及び軽減をさせられれば大量生産も夢ではなく、市場は賑わい領民は潤うだろう。

そんなパトンの実栽培計画の責任者は、カリクスの婚約者であるサラであった。

カリクスが命じたのではなく、家臣たちからの進言でこうなったのだから誰も文句を言う者は居ない。

サラが伯爵家で当たり前だと思っていた仕事、未熟だと思っていた知識と経営手腕は誰が見ても一級品であり、カリクスを含め家臣全員がそれを認めたのだ。

サラは未来の公爵夫人としての能力を、有り余るほどに有していたのだった。

けれどサラ自身はそう認識していない。サラの根本にあるのは、仕事は出来て当然で、まだ自分は未熟者という考え方だ。家族に刷り込まれた負の遺産のような代物はそう簡単には無くなりはしないのである。

「サラ」

背丈よりはるか上、屋敷の方から名前を呼ばれ、サラは話の途中だったが反射的に振り返る。

二階の北側の窓——場所はカリクスの私室と化している執務室で、窓から少し上半身を乗り出してこちらを見ている人物は。

「カリクス様……！」

「よく分かったな。振り返ったら名乗るつもりだったんだが」

「もう流石にお声で分かりますわ……！　それにほら、名乗らなくともカリクス様にはチャームポイントがありますもの」

サラはそう言って自分の左目を指さして、カリクスを見つめながら微笑む。

トクン、と心臓が音をたてて、カリクスはたまらなく愛おしい感情が湧き上がってくる。

「………美しい」

――その笑顔も、優しい心も、清らかさも、聡明さも、全て、君は尊く美しい。

「何かおっしゃいました……？　遠いので聞こえなくて……」

「いや大丈夫。独り言だから。それよりサラ、一つ提案があるんだが」

「はい、何でしょう？」

「デートしないか？」

◆◆◆

カリクスの誘いにより、アーデナー領地の中でも一際賑わうカルダム地区にやってきたサラは、首を右に左にと大きく動かしながら歩いていた。

「サラ、あまり余所見していると――」

「きゃっ」

「ほら、言っただろう。前を見て歩け」

「申し訳ありません………」

前方に倒れそうになったサラは、カリクスがお腹辺りを引き寄せるような形で抱きかかえることで事なきを得る。

サラはお礼を述べてから腕を離してもらうと、右隣にいるカリクスに楽しそうに話し掛けた。

「ふふっ、ところでカリクス様、デートと仰るからびっくりしましたが、視察に行こうという意味だったのですね」

「…………ほう」

「教えてもらわなければ勘違いするところでしたわ。ありがとう、セミナ」

カリクスは、サラの左隣りにいるセミナをじっと見る。

——これはどういうことだ。

カリクスの目線がそう告げている。

セミナはそれが痛いほど理解できたので、ポーカーフェースは崩さなかったが額には汗がじんわりと滲んだ。

出来れば後で雷を落とされることは避けたかったのだが、もはやどうしようもなかった。


話は少し遡る。これはカリクスがデートに誘った直後、町であまり目立たないような服装に着替えようと、サラとセミナが自室に戻ったときのことだ。

「ねぇ、セミナ。カリクス様はデートと言っていたけれど、あれは間違っていないかしら？」

「はい？」

いや全く間違っていません、と声を大にして言いたかったセミナだったが、サラがこう思う理由も聞こうと言葉を呑み込む。

サラはお忍び用のワンピースを選びながら、ふぅ、と息をついた。

「だって……デートって恋人とか夫婦とか、お互いを好きな者同士がすることでしょう？　あとはそうね、思い人を誘うなんてこともあるみたいだけれど、私たちは政略的に今の状況にあるんだもの。ありえないし………」

「…………なるほど。確かにそこからですよね」

「…………？　そこから？」

何のこと？　と小首を傾げるサラに、セミナはどうしたものかと頭をひねる。

旦那様がサラ様のことをお好きだから誘ったのでは？　と言ってしまえば一番わかり易い気がするのだが、セミナは決して無神経ではないのでそれは言えなかった。

ともすれば言える言葉は限られてくる。

サラが悩むことなくデートに向かえるようになる言葉で、カリクスの真意は伝えないような、そんな便利な言葉――。

「視察」

「え？」

「視察に……行こうとお誘いしたのではないですか？　サラ様はアーデナー家に来てからまだ街を見ておられませんし、最近ではお仕事に携わっておられますから、見ておいても損はないと――」

「そういうことだったのね……！　流石セミナだわ！　私ったら言葉通り受け取ってしまって……恥ずかしいわ」

赤くなった顔を冷ますように両手でハタハタと手を振るサラに、セミナは背中側に引いた手の拳にギュッと力を込める。

サラにとっての名目はデートから視察に変わってしまったが、二人で街に出かけるということには変わりないので及第点のはず。

良い仕事をした、とセミナは思ったのだが。

「それならセミナも準備をしないとね！　あっ、どうせなら……服は私に選ばせてほしいの。お仕着せ姿しか見たことがないから沢山試着してから決めましょうね？　それに髪型も！　髪の毛を結うのは得意だから任せて！　ショートヘアーでもハーフアップならできると思うわ！　ふふっ、楽しみね」

「……サ、サラ様、その、この視察はカリクス様と二人で……その」

そもそもカリクスはデートだと思っているのだ。

そこに私が付いていったりしたら――セミナはそう考えて、断固として拒否をしなければと思うのだけれど。

「じゃあ……セミナは来れないの……？　絶対……？」

「…………。いえ、お供いたします」

「本当……!?　とても嬉しいわ……！」

「はい。私もですサラ様」

アーデナー家に来た頃は何をするにも遠慮がちだったサラがこう言ってくるのだ。

サラの専属メイドとして、セミナは後日カリクスに雷を落とされることを選んだのだった。


そして話は現在に戻る。

「あっちには雑貨屋さん！　こっちの通りは飲食店が多いのね……！」

デートではなく完全に視察と化した今回の外出は、サラにとっては人生で一番楽しいと思えた瞬間、と言っても差し支えないだろう。

そんなサラの楽しそうな姿を少し後ろからカリクスは見ながら、セミナに向かって小声で声をかける。

「私と二人でデートという意識を持てば、正直サラはあそこまで楽しめないだろう」

「………と、言いますと」

「今回のことはサラに免じて不問とする。……次は付いてくるなよ」

目を伏せ気味にしたまま「御意」と答えたセミナ。表情は一切崩れていないが内心は緊張と安堵で混沌としていた。

一方カリクスといえば、初めて街に出ることを許可された幼き子供のように喜んでいるサラの姿に、薄っすらと目を細める。

ワンピースの裾をひらりと靡《なび》かせながら、にこにこと笑う姿はまるで妖精のようだと思いつつ、隣にまで足早に向かうとその手をそっと掴んだ。

「カリクス様……？」

「その様子だとまた転ぶ。大事な婚約者が怪我でもしたら大変だから手を繋いでも良いだろうか」

「……も、もう繋いでいるではありませんか」

「これは失敬。しかし君には言葉より態度で示したほうがまだ伝わるだろ」

「？　…………何の話ですか？」

きょとん、とまんまるの目で見つめ返してくるサラに、カリクスは前途多難であることを再認識する。

しかしこれで良いのだ。カリクスはもう既にサラを手放すつもりなど毛頭ないのだから。

カリクスはサラの手に熱を渡すように、それでいて壊さないようにギュッと力を込めた。

「どうだ街の印象は？　ファンデッド家の領地との大きな違いはあるか？」

「活気に溢れていて、街の人々が商売を楽しんでいることは私が見ても伝わります。商品が良質なことは一目瞭然ですし、物価も日々の生活を圧迫するほどではありませんから上手く経済が回っている印象です。……ファンデッド家の領地との違いは――」

饒舌に話していた口が半開きのままピタリと動きを止めたかと思えば、サラの黒目が左右に行ったり来たりして何かを考えている様子だった。

これは探ってみるか、とカリクスはサラの様子の変化に気付いていないふりをする。

「どうした。ファンデッド家にいた頃はあまり街に出なかったか？」

「あまりというか……ここ数年は一度も屋敷の外には出してもらえなかったので……その……」

「一度も、だと――」

カリクスの声に不快感が交ざる。ハッとそのことに気が付いたサラは、自身の失言に慌てて例の『技』を発動させた。

「なーんちゃってーー。冗談ですわーー。私は伯爵家の令嬢ですからーー。呼べば誰でも家に来ましたものーー。おほほほーー」

頭の片隅の記憶を引っ張り出し、咄嗟に嘘を吐く。嘘のモデルは家族だ。

何か欲しい物がある時、家族は行商人を家に呼んで買い物をしていた。もちろんサラは一度もそんな経験は無いが、よく使用人の格好でその様子を部屋の隅から見ていたので、それが貴族の普通だと思ったから咄嗟に口に出たのだ。

そんな家族だったので、サラが領民の様子や商売している様子を実際に見たいと言っても理解されることはなかった。仕事をサボろうとするなとさえ言われる始末だったのだ。

それに比べてカリクスは領主として、公爵家の当主として、その身を捧げるくらいには領地と領民のことを考え、責務を果たしている。

伯爵家でのことを言えば家族への悪印象を持つだろう。余計な軋轢《あつれき》を生むことをサラは避けたかった。

それからしばらく歩きながら市場を見て、次に流行りの飲食店に入って小腹を満たした。その最中にカリクスが話を掘り起こすことをしなかったことがサラの救いだった。

しかしサラがそう思っているだけで、カリクスの中ではサラの実家――ファンデッド伯爵家に対する不信感はどんどんと大きくなっている。

ヴァッシュの報告はまだだが、セミナからの情報といい、サラの様子といい、今の発言といい、正直気付かないほうがおかしいというくらい、それは明々白々だった。

遅めの昼食を終えてからしばらく店を回ると、今日の視察は十分だろうと切り出したのはカリクスだ。

サラは充実感と、もう終わってしまったという寂寥感《せきりょうかん》の相反する感情を持ちながら頷くと、カリクスはある提案をするのだった。

「サラ、今からは二人で街を見て回らないか？　視察ではなく完全にプライベートだ」

「えっ、セミナは………？」

「私はそろそろ屋敷に。諸々の準備がありますので、今日のところはここまでとさせていただきたく存じます」

「そう、なのね。分かったわ、今日は付き合ってくれてありがとう、セミナ」

セミナが帰ってしまう寂しさはあったものの、正直もう少し街を見て回りたいと思っていたサラは、カリクスの提案を快く受け入れる。

プライベートという部分は一切深く考えていないようで、それはカリクスとセミナも何となく勘付いたのか、何とも言えない顔で目が合ったのは言うまでもない。

セミナと解散し、サラはカリクスと二人で街を歩く。手は繋いでいないものの、歩くたびにツン、と触れるくらいには二人の距離は近い。

「どこを見たい？　ドレスでもジュエリーでも、何でもプレゼントさせてくれ」

「え⁉　いっ、要りませんわ……！　この前仕立て屋さんに何着も見繕っていただきましたし、宝石商の方でもいくつか……」

「それは君が私に恥をかかせないようにしたに過ぎないだろ。私はサラの欲しい物を与えてやりたい」

「何故それを知って……⁉　そっ、それなら先程のご飯で十分ですわ……！」

「それは無しだ。当然のことだから」

この二ヶ月、サラは一生分の贅を尽くしたと感じている。ドレスにジュエリー、豪華な食事に何不自由のない生活、優しい婚約者に優しい使用人たち。仕事を任せてくれるだけでなく有り難いと、凄い知識だと褒めてくれる家臣たち。

これ以上何かをねだってはバチが当たると、サラは本気で思っていた。

そもそもサラに豪華なものに対する物欲は微塵もないのだが。しかし物を贈りたいと言うカリクスは、引いてくれそうにない。

それならば、とサラは欲しい物を考えて一つだけ思い当たった。

「物ではなく……お金がほしいです」

「……何故だ？　何かほしいならば私が」

「違います……！　そうではなく……！」

珍しく口調を強めるサラ。その必死な様子に、カリクスは耳を傾ける。

「私は公爵家に来てから、これ以上ないくらい大切にしてもらっています。毎日毎日ありがとうと、思っています。その感謝の気持ちを、皆さんに伝えたくて、こんなにも良くしてくれる皆さんにほんの少しでも恩返しが……したくて。それでささやかでも何か贈り物をと思ったのですが、持参金も持たない私には……その、自由に使えるお金が無いのです」

サラは言いづらそうな様子で、胸の前で両手の指をもじもじと擦り合わせる。

カリクスはサラの言葉にハッとして、眉尻を下げた。

「その、少し、ほんの少しで良いので、お仕事をした給与……というのでしょうか、その、お小遣い、みたいなものでも良いので……頂きたいのです……」

（良い生活をさせてもらっている上に金銭の要求なんて、どれだけ私ば貪欲なんだろう。……伯爵家で生活している頃はこんなこと思いもしなかったし、もし思ったとしても口には出さなかったはずだわ……）

申し訳なさを表情に表したサラは、おずおずとカリクスの顔を見る。

表情は分からないので不安になったが、胸の前にある両手がそっと彼の手に包み込まれ、サラはフッと肩の力を抜く。

「済まない。欲しい物を与えてやりたいなんて、ただの私の傲慢だった」

「そんな……！　カリクス様は傲慢なんかじゃ」

「君に正当な対価を支払わず、何かをしてやりたいなんて傲慢も良いところだ。今伝えてくれなければ、私は気付かずにもっと君を傷つけるところだった。……伝えてくれてありがとう、サラ」

カリクスの言葉に、サラは過去の記憶に思いを馳せた。

十三歳のとき、お茶会で第三王子に声を掛けられたのに、第二王子と間違えたことで両親に激怒されたときのこと。屋敷に戻ってきた直後に吐き出した言葉を、今でも鮮明に覚えている。

──私の言うことを信じて。本当に顔を見分けられないの。ねぇ、信じて。

けれど一切信じてもらえず、受け入れてもらえなかった。この頃から、サラは悲しみを胸に押し込むようになり、自分の気持ちは、意見は、聞いてもらえないのだと思うようになった。

そんなサラがもう傷つかなくても良いようにと、心に薄い氷を纏うのは何らおかしなことではないだろう。

——そうして今。

サラはカリクスに我儘を言い、驚くくらい簡単に受け入れてもらえた。

まだ出会って二ヶ月、顔が見分けられないという症状も受け入れてくれたカリクスは、サラの必死の言葉をまたも簡単に受け入れる。

ピキッ、と薄い氷にヒビが入る音がした。

「今日はもう帰ろうか。それでサラの仕事に対する給与をいくらにするか家臣たちと話し合う。明日には報告するから待っていてくれ」

「は、はい。……その、本当に良いのですか？」

「当たり前だ。家臣たちも誰も反対しない。私が保証しよう。むしろ遅すぎたくらいだ。本当に済まない」

「いえそんな、ありがとうございます……！」

サラは腰を折って、カリクスに感謝の意を表した。

馬車は街の外れに待機させてあるので、しばらく二人で歩く。

綺麗な街並みを堪能し、お腹は程よく満たされ、視察はとても有意義なものだった。

街をもう少し見たいとは思っていたが、また機会はあるだろう。カリクスのことだ、実家にいた頃のように外に出してもらえないなんてことはないはずだ。

それなのにどうしてだろう。サラは何故かあまり帰りたくなかった。

今までだってカリクスのことを優しい人だとか、気遣いができる人だとか、サラは彼に対して好印象を持っていた。

伯爵家に援助金を送ってくれるということを差し引いても、自分には勿体ない相手だと思っていたのだ。

しかし、今日のことがあったからなのか、それとも出会ったときからの彼の行動によるものなのか。サラにとって、カリクスという存在が今までとは大きく変わり始めている。

緊張でも恐怖でもない心臓の脈打つ高鳴りの理由を、サラはまだ知らなかった。

「また仕事が落ち着いたら街に来よう」

「はい！　もちろんですわ」

「今度は初めから二人だと言ってもか？」

冗談とは程遠い、ズン……とした低い声だ。

今日の午前中にデートに、と誘われたことを思い出して困惑するサラだったが、何故かスッと言葉が溢れ出した。

「はい」

「……！　そう、か。なら近いうちに誘う」

「は、はい…………」

（さっきから「はい」しか言ってない気がするわ……！　だって、なんて言ったら良いか、分からないんだもの……）

サラは無性に恥ずかしさが込み上げてきては、カァッと赤くなった顔を隠すように俯いてスタスタと歩いて行く。

「……下を向いているとまた転ぶぞ」

「……っ!?」

普段通りではいられない。何故だか隣にいてはいけない気がする。

サラは足早に前に進もうとするが、その手はカリクスによってするりと絡め取られる。

少し前のめりになったサラは足を止め、自分の心臓の音が煩いと脳内で嘆いた。

「サラ、話がある」

先程までまだ高い位置にあったはずの太陽が、気が付けば沈み始めている。

空がほんのりと赤く染まり始めた頃、カリクスの申し出にサラは震えた声で返事をした。まるで壊れた玩具のように再び「はい」としか言葉が出ず、サラは振り返ることはおろか顔を上げることもできない。

触れた指先から熱が伝わっているかと思うと、サラは余計に恥ずかしさが増した。

（何これ……何でこんなに、急に……）

セミナと三人でいたとき、サラは手を繋がれても転ばないように手を差し伸べてくれている、としか思わなかった。

頭を撫でられたり頬を触られたりして照れることはあっても、それで困惑することはなかった。薬を飲ませるためにキスをされたと知ったときも、恥ずかしさよりカリクスに対する申し訳無さが勝っていた。

──はずだった、のに。

「頼むから、顔を見せてくれないか。サラと向き合って、話したい」

「〜〜っ」

グイ、と引き寄せられ身体が向き合う。そのままカリクスの腕の中におさまる形になると、耳元に生暖かい吐息がかかる。

（午前中の私なら……こんなのどうってことなかったのに……！）

サラは掴まれていない方の手で、カリクスの胸辺りを押し返すように弱弱しい力でポンポンと叩いた。

「それで、拒絶しているつもりなのか。……やっぱり君は可愛いな」

「!?　かっ、かわ……!?」

「やっとまともに耳に届いた。嬉しいよ。──ああ、サラ。多分私は今、表情が緩みきっている。君に見られなくて良かったと安心するくらいには」

「あっ……っ」

クスリ、頭上から聞こえる楽しそうな声。

サラは顔が沸騰しそうなくらい熱くなって、再び離れてほしいとカリクスの胸辺りを叩き続けていると、コツコツと、誰かが近付いてくる足音に半分意識を持っていかれる。

それでもカリクスは離してくれそうにないので、視線だけそろりとそちらに向ければ、その人物は五メートルほどの距離からこちらを見ていた。

「貴方が——どうしてこちらに」

（えっ、誰……？）

カリクスが相手を認識した瞬間、意外なほどに簡単に腕の中から解放されたサラは、じっとその人物を見据える。

カリクスの言葉遣いにより、公爵家よりも上位の貴族か、もしくは年配の人物なのか。

服装を見る限りかなり年配といった感じではないのだが、男性の服は年齢が出にくく分からない。

ただカリクスの反応がなくとも、身に着けているもので高貴な身分だということは察しが付いた。

サラはいつでも挨拶が出来るようにと、姿勢を正した。

「アーデナー卿、久しいな。視察か」

「お久しぶりでございます。殿下もその様子ですと視察ですか？　そういえば、お噂はかねがね耳に届いております。確か隣国——ヴィジストからの鉱石の輸入に尽力していらっしゃるとか」

「ああ。キシュタリアはあまり鉱石が採れぬ国だからな。私がやらねばなるまい？　……して、そちらの女性は？」

二人の会話に注視していると、意識がサラへと向く。

まさかこんなところで殿下——現国王の子息と対することになろうとは思わなかったサラだったが、洗練された動きでワンピースを軽くつまむと、優雅に頭を下げる。

「殿下、彼女は私の婚約者のサラ・ファンデッド伯爵令嬢です」

「ご紹介に与りましたファンデッド伯爵家長女、サラと申します。正式な場での挨拶ではないこと、お許しください」

「──サラ・ファンデッド、だと」

「え……？」

まるで名前を知っているかのような口ぶりに、サラは笑顔を崩さないが内心焦り始める。

十三歳以降、公の場に立っていないサラを認知する王族、貴族は限りなく少ないはず。もし知っているとすれば──。

「貴様、私のことを覚えているか」

「あ……えっと、その」

「やはり覚えていないか。あのときも名前を間違えたくらいだしな」

「……!!」

ただ事とは思えないほど険しい顔つきに、カリクスはまずいと思い仲裁に入ろうとする。「貴様はこの話に関係無い」と一刀両断され一瞬口を閉じるが、隣のサラを見てそれは愚かな行いだったと分かる。

サラの瞳は素早く瞬きを繰り返し、唇は僅かに震えていた。

行き場の無い両手はピクピクと痙攣《けいれん》しているような反応を見せ、カリクスはサラを庇うように半歩前に出て、彼女の前に腕を伸ばした。

「殿下、恐れながらサラは私の婚約者です。何か不敬をしたのでしたら私にも責任はあります」

「……チッ、もういい。今更罪がどうこうと話をするつもりはない。ただな、サラだったか。今一度この名前は覚えておけ。私の名前はダグラム・キシュタリア――このキシュタリア王国の第三王子である」

ヴァッシュ、有能過ぎる

ダグラム・キシュタリアとは、キシュタリア王国の第三王子である。

二人の兄と一人の姉を持つダグラムは、末っ子ということもあって放任されて育った。

二人も兄がいること、その兄たちが極めて優秀なことで無条件に王位継承権の可能性を断たれたダグラムは、無害ということで命を狙われたり嫌がらせをされたりすることはなかった。

その半面、誰からも期待されずに育ったダグラムは誰よりも承認欲求に飢え、自分を見てほしいがために王族らしからぬ振る舞いをするようになる。

王族とはいえ度が過ぎる横柄な態度、仕事に対して無責任であり、身勝手、非常識。

そんなダグラムのことを、貴族たちは隠れてこういうのだ。

「――あの自己中王子が」

「え？　カリクス様今なんて……？」

「独り言だ。気にするな」

あれからダグラムの従者がやってきたことで事なきを得たサラは、帰りの馬車で何があったのかを尋ねてくるカリクスに説明をした。

過去のお茶会で顔の見分けがつかず、第三王子と第二王子を間違えるという失態に、カリクスは「そういうことか」と納得する素振りを見せた。

「……あの、怒らないのですか？」

「怒る？　どうして」

「その、もしかしたら私が昔失態を犯したせいで、カリクス様に迷惑がかかるかもしれないですし……」

「ああ、そんなこと」

さらり、とそう言って向き合うサラの頭にぽんと手を置くカリクス。

真剣な話をしているのに、と思いながらも激しく心臓が鼓動し始めたサラは、カリクスから視線をそらした。

顔が見えていないとはいえ、そんなことは関係無い。今はカリクスの顔をまともに見られなかった。

「むしろ今日は私の配慮が足りなかった。殿下に聞こえないように君に名前を伝えれば良かったのだが。……そんな事情があるとは知らず完全に気を抜いていた。以後気をつける」

「いえっ、そんな……カリクス様は、その、本当にお優しい方ですね」

「そんなことはない」

カリクスはサラの頭に置いていた手を、つぅ……と頬へと下ろしていく。

すりすりと撫でてから、ぷに、と食べてしまいたくなるくらいに柔らかな頬を摘む。

「私はただ、大切な人を大事にしたいから、当たり前のことをしているだけだ」

（だからそれが……当たり前なんかじゃないんだってば…………！）

サラはカリクスの手を優しく退けてから、バッと両手で顔を隠す。屋敷に着くまで頑なにこの手を退かすことはなかった。

ダグラムのことなどどこへやら。カリクスの慈愛に満ちた、そして愉快そうな声だけが鼓膜を揺らし、サラの心もまた揺れ動くのだった。

◆◆◆

——コンコン。

「入れ」

「失礼いたします」

視察から帰ってきたカリクスは、第一に仕事終わりの家臣たちを集めてサラの給与に対する議論、否、決定報告を行った。

「サラに仕事に見合った対価を払おうと思うんだが」

と伝えたら、満場一致で賛成だった。カリクスはこうなることは既に予想済みだった。

まだ渡していなかったのか、なんて驚く声もちらほら聞こえたことから、当然のことだったらしい。カリクスは過去の自分を嘆いた。

それからは視察に行っていた分の仕事を取り戻すべく、カリクスはサラとの夕食の時間を泣く泣く諦めて執務室で仕事に取り掛かる。

その時ノックをしてやって来たのが、執事のヴァッシュだった。

ヴァッシュは手に資料のようなものを抱えて、机を挟んで座っているカリクスの前で立ち止まる。

「旦那様、頼まれていたものが出来ましたのでお持ちしました」

「……！　そうか。手間を掛けさせて悪かった」

「とんでもございません。旦那様の愛してやまない婚約者様のことですから」

「一言余計だ。もういい、下がれ」

「かしこまりました。あ、旦那様、一つ忠告がございます。テーブルに置いてある紅茶ですが、飲み干して――いえ、他の場所に移しておいた方が宜しいかと」

「？　ああ、分かった」

――飲み干す？　――移す？

忠告の意味を即座には理解できなかったカリクスは、紅茶をそのままにしておく。ヴァッシュが部屋から出て行ってから、机に置かれた資料を手に取った。

「……サラ・ファンデッドの生い立ちについて」

ぼそりとタイトルだけを読み上げる。それからゆっくりと文字を辿り始めた。

「…………………」

パラパラと、何枚もの資料を読む間、カリクスは無言を貫く。

そうして最後の一枚を読み終えると、カリクスは机に顔を伏せた。資料を持つ左手にぐぐっと力が込められ、グシャリと音を立てる。

その瞬間、カリクスは資料を持っていない方の右手を高く振り上げる。

「くそっ……!!」

――ダンッ！　――ガシャンッ！

その手は風を切るような速さで振り下ろされる。机と拳がぶつかり合う音が痛々しく、机から落ちたティーカップは無惨な姿だ。

しかしカリクスは拳の痛みなんてちっとも感じることはなかった。それよりも痛んだのは胸辺り――心臓がドクンドクンと激しく脈打つ。

「予想はしていたが……まさかここまでとは……！」

サラが家族に虐げられているのかもしれないと、カリクスは薄々感じてはいた。初日からヴァッシュに調べさせ、セミナにも逐一報告させたのもそのためだ。

とはいえどんな家族にだって事情はある。教育方針が厳しいだとか、放任主義の家庭だとか。

しかし資料によると、ファンデッド伯爵家はそれらとは異なる。

サラは家族から使用人以下の扱いをされ、顔が見分けられないという症状を嘘つき扱いされ、妹のミナリーの代わりに『悪人公爵』の異名を持つカリクスへと嫁がされた。

「サラ………」

それでもサラは家族のために、家族の役に立つために、伯爵家での扱いを言わなかった。あんなに下手くそな嘘をついて、誤魔化して——そのときサラは、どんな気持ちだったのだろう。

サラのことを考えれば考えるほど、カリクスはサラに会いたいという気持ちが募っていく。

しかし時計を見て、踏み出そうとした足を止める。もう夕食を終えて湯浴みも終え、自室でゆっくりと過ごしている頃だろう。いくら婚約者だとはいえ、今までカリクスはこんな時間に会いに行ったことはなかった。

——コンコン。

頭を悩ませていると、扉がノックされる音が聞こえてカリクスは小さく苛立つ。今は誰かの相手をしている余裕なんてなかった。

だが立場上無視をするわけにもいかず「入れ」と小さく呟いた。

「失礼いたします。おや旦那様、私はきちんと忠告しましたのに。……これでは掃除が必要ですな」

張り付けたような揺らぎのない笑み。まるで深海のように何を考えているか分からないヴァッシュに、カリクスは今ばかりは苛立ちを隠せない。

「何のためにここへ来た。ヴァッシュ……今はお前の話に付き合っ——」

「旦那様、年寄りの戯言ではありますが聞いてくだされ」

やや低めに発せられたヴァッシュの声。その表情はいまいち読めない。カリクスは少しの不気味さと何故か懐かしさを感じて、耳を傾ける。

「サラ様は今まで必要以上に苦しみ、悲しんでこられたと思います。旦那様と出逢ってからは幸せそうにしておられますが、心の奥底にはまだ抱えているものが多いでしょう。――夫婦とは、そういうものを、お互いに分け与えるものです。つまり何が言いたいかと言いますと」

「…………回りくどい。……だが許す。――済まないが掃除は頼むぞ」

「かしこまりました坊っちゃん」

「坊っちゃんと呼ぶな」

一度踏みとどまった足は、今度は重りが外れたように軽く感じた。

カリクスは今夜、サラの心に触れに行く。

◆◆◆

一方その頃ファンデッド伯爵家では、夕食を終え、一人執務室に戻った父親が頭を抱えていた。

今月の領地の利益が――アーデナー家からの援助金よりも下回り、今までの半分以下になってしまったからである。

「何故だ……！　どうして売上が落ちる!!」

サラがアーデナー公爵家に嫁いでからひと月は、程々に仕事は回っていた。売上も先月とほぼ変わらない水準を叩き出し、公爵家から援助金まで入るというボーナス付き。

今までは援助金無しで経営は回っていたことから、その援助金は所謂お小遣い扱いとなり、サラの両親と妹のミナリーは娯楽やドレス、ジュエリーにそれを使い果たしていた。

「貴方～？　どうしましたの？　叫ぶような声が聞こえましたけれど」

廊下から妻にそう声を掛けられ、男は扉を開けることなく慌てて対応する。

「あ、ああ、虫がいたんだ……！　もう居なくなったから平気さ」

「お父様ったら、ミナリーもびっくりしましたわ？」

「ミナリーもいるのかい⁉　す、済まないね……可愛いミナリー、今日はもうおやすみ」

そう言うと納得したのか、少しずつ二つの足音が小さくなっていく。

男は安堵し、そして夕方、家臣から渡された今月の利益報告書をもう一度読み直した。

どかりと荒っぽく着席し、背もたれにもたれ掛かったまま行儀悪く紅茶を飲み干す。

何度見直ししても、報告書の数字は変わらない。

「何がだ……何が問題だ………。家臣たちは代わっていない、大きな恐慌も起きていない、多少の天候不順での不作なんて、今までどうにかなってきた。私の経営方針は何も変わっていないのに、どうしてだ‼」

ふぅ、ふぅと乱れた呼吸を、肩を上下に動かしながら整える。

そうしていると、ある人物の顔が思い浮かび、男の中であるシナリオが作り出された。

「サラか……？　まさかあのマヌケが……私たちに復讐するために公爵に頼み込んで圧力でもかけたというのか⁉　今まで育ててやった恩を忘れやがって……！」

今までどれだけ虐げられても家族のことを憎まず、家族のことを思って文句も言わず妹の身代わりに嫁いでいったことを冷静に考えれば、天地がひっくり返ってもその考えには至らないだろう。

そもそも援助金を送っている先に不利益なことをする必要性がない。

領地経営の大部分を担っていたサラが居なくなったから、経営が悪化したと考えるほうが何十倍、何百倍も合理的だ。

しかし男はサラのことを雑務もまともにこなせない愚者——役立たずのマヌケだと思っているのか、そうはならない。どころかすべての責任をサラのせいだと思い、怒ってティーカップを床に叩きつけた。

ガシャンと音を立てて床に散らばる陶器の破片に、カーペットに染み込む紅茶のシミ。

皮肉にも同時刻、カリクスも同じような状況に陥っていた。

ただ大きく根本的に違うのは。

一人は自分の不出来を疑わず、全てがサラのせいだと決め付け、自らティーカップを投げつけ割ったもの。

一人はサラの境遇に悲しみと怒りを覚え、自身の拳を傷つけた結果、ティーカップが割れてしまったもの。

前者の男は怒りにまみれ、ビリビリと報告書を破り捨てる。

「ハッ！　こんなのは私の手腕でどうとでもなる。見ておれアーデナーの若造とサラ……！　私は家族も地位も権力も守ってみせるぞ」

サラ、呪縛はまだ解けない

場面は再び公爵家へと戻る。

湯浴みを終えたサラはセミナを下がらせると、机に赴き筆を執った。視察で感じたこと、資料だけでは得られないリアルな現場の雰囲気、活気、それらを書き残しておこうと思ってのことだ。

――コンコン。

「はい。セミナ……？」

明日の予定の変更でもあったのかしら？　サラはそう思ってドアの前まで行くと、ドアノブに手を掛ける寸前に扉が開く。

顔を見ても誰かは分からないサラはまず第一に声で人を認識し、その後に体格や服装からの情報で判断するのだが。

今回は違った。半日ずっと隣にいた人物のシトラスのような香りが、鼻腔をくすぐったからだ。

「カリクス様……？」

「ああ、そうだ。よく分かったな」

「その、香りが………」

「……………臭ったか？」

「いえ違います……！　その、とても好きな香りです」

恥ずかしそうに告げるサラに、カリクスはたまらなくなって抱きしめたくなる衝動に駆られるが、必死に理性で抑え込む。

「こんな時間に済まないが、部屋に入っても？　話がある」

「はい、もちろんですわ。どうぞ」

そうしてカリクスを招き入れたサラは部屋の一番奥のソファーへと案内する。

なにか飲み物でも……と準備をしようとしていると、それはカリクスに手首を掴まれたことによって叶わなかった。

「気遣いは要らないから、今は座ってくれ」

「……？　分かりましたわ」

なにか鬼気迫る雰囲気を感じ取り、向かいのソファーに座ろうとすると、カリクスが手を離してくれないのでサラは前のめりになる。

これでは座れないと振り返れば、ぐいと掴まれている方の手を引っ張られて、カリクスの隣へと腰を下ろす結果となった。

まさか隣に座るなんてつゆにも思わず、サラはバッと隣のカリクスを見た。

「驚かせて済まない。だが今日は隣に居てくれ。近くで話したい」

「わっ、分かりました……」

ゴクン、とサラは固唾を呑み込んだ。

「じゃあ単刀直入に聞くが――」

時計の分針がカチン、と音を立てて部屋に響いた。

「サラ、君は家族から、不当な扱いをされていたのか」

「……!? どうして、いきなり」

サラの心臓は激しくドクンと脈打ち、呼吸が浅くなる。

どうしてもこの事実を、カリクスにだけは隠し通さなければならなかった。

「な、何のことだかさっぱりーー。私は家族に大事にされてましたわーー」

「…………サラ、嘘はつかなくて良い」

「両親は優しくてーー。妹には頼りにされてーー。それでーー……」

「っ、サラ、もうやめてくれ」

尻すぼみに言葉が小さくなっていく。唇がピクピクと震え、ぐわりと胸にこみ上げてくる何か。

もうこれ以上は喋らないほうが良いと警鐘が鳴り響いた気はしたけれど、隠さなければという意識がそれを拒んだ。

サラは下唇を噛み締めてから、言葉を吐き出す。

「家族を、愛していますわ……っ、私は家族に、愛され……っ、て……います……っ」

つぅ、と頬に雫が伝う。しょっぱいそれをサラはもちろん知っていたけれど、流したのはあまりに久しく感覚を忘れていた。

自分が涙を流しているのだと気付いたのは、自身の手の甲にぽつりと落ちたときだった。

「あれ……っ、わた、くし、どうして」

「……君の生い立ちについては既に調査済みだ。どんな扱いを受けていたかも、何を言われていたかも、分かっている。もう嘘は……つかなくて良いんだ」

カリクスの手が伸び、サラの目の下あたりを人差し指で拭う。その手付きの優しさに、また涙が溢れ出そうになるのはどうしてなのだろう。

カリクスの優しさが、肌から肌へと伝染したからなのか。

（もう全て認めてしまったら……そうしたら少しは楽になるのかしら）

サラはそんなことを考え始める。

家族のためにだとか、伯爵家の立場だとか、援助金がどうとか、もうそんなことは全てかなぐりすてて、欲望のままにカリクスに慰めてもらいたい。

頭を撫でてもらい、頬に触れられ、あの腕に包み込まれたならば、きっとこれ以上ない幸福だろう。

――けれど。

「嘘をついたことは、申し訳、ありませ、ん……。けれど私は本当に、大丈夫……っ、ですわ」

「酷い扱いを受けて平気なはずがないだろ……！」

「だって私は……！　顔が見分けられないことで家族に……いっぱい迷惑をかけました……っ！　これくらいのことで悲しんでは、いけないのです」

自分自身に言い聞かせるように言うサラに、カリクスは言葉が出なくなる。

どうやら想像していたよりもサラの心の奥底に抱えているものは大きく、ねっとりと絡み合っているようだ。

それでも解きほぐして、解放してやりたいとカリクスは願う。そうするのは自分でありたいとも願い、サラに声をかけようとしたとき。

コンコン、と控えめなノックの音に、二人は同時に扉の方向を見やる。

サラは泣き顔のためにパッと扉から自身の顔を隠すように向きを変える。

カリクスはタイミングの悪さに一瞬眉間にシワを寄せながらも、サラの代わりに扉付近へと出向いてドアノブをガチャリと回した。

訪問したのはセミナで、無表情の彼女にしては珍しくバツが悪いと顔に書いてあるようだ。

「こんな時間に何だ」

「お話のところ大変申し訳ありません。……国軍からの使者の方が。早急に旦那様にお話がしたいと」

「軍から急ぎで、だと――」

「はい。かなりお急ぎの様子でした。お会いしてくれるまで門の前で待ち続けると、そう言っているようです」

アーデナー公爵家は昔から名門ではあるが、カリクスの代でより一層名を轟かせることになった所以は、ひとえにカリクスの領地経営の手腕の高さと、個人の戦力の高さのおかげだった。

少数の軍であれば、カリクス一人でも迎え撃つことが可能だと言われ、そのずば抜けた戦闘力は敵だけでなく味方をも恐怖に落とし込んだ。

『悪人公爵』の異名は、火傷痕の見た目だけでなく、ここからも来ている。

冷酷や残忍というのも、一人で敵の集団を壊滅させた事実が独り歩きをしただけで、カリクスは国のために敵と対峙しただけだった。

「…………ハァ、分かった。客間に通しておいてくれ」

「かしこまりました」

カリクスはちらりとサラを見る。

縮こまった背中を抱き締めて、涙が枯れるまで傍にいてやれたら――しかし公爵のカリクスに、その選択肢は選べない。

カリクスは足早にサラの元まで歩いていくと、ソファーに座って俯いている彼女の頭をそっと撫であげた。

「済まないサラ……国軍からの緊急事案だ。私は今から話を聞きに行く」

「…………はい」

「また明日話そう。私はもっと……出来るだけサラの心の内を知りたい」

「……分かり、ました。……お気をつけて」

「ああ、行ってくる」

その言葉を最後にカリクスはサラの元を離れた。

セミナには、何か気持ちが落ち着く飲み物をサラに持っていくように、とだけ指示を出して。

そうしてカリクスは、屋敷から暫く姿を消した。

サラ、カリクスのいない日々は

「カリクス様が……戦地へ赴いた？」

「はい、早朝に出発されました。サラ様に一言お声掛けをしてはと提案したのですが、疲れ切って良く寝ているから起こさず行く、と」

「…………そう、だったの」

起きたのは午前九時。何時もより三時間も起床が遅かった。寝るのが少し遅かったということを踏まえても、こんな時間まで熟睡することなんて今まで無かったというのに。

久しぶりに泣いて、どっと疲れたせいなのかもしれない。

良く眠ったはずなのに、泣いたせいか瞼が重い。手間を掛けさせて悪いけれど温かくしたタオルを用意してもらおう、とサラがベルを鳴らすとセミナが現れる。

そうして開口一番に告げられたのは朝の挨拶ではなく、カリクスが戦地へ赴いたということだった。

「場所はどの辺りなの……？」

「隣国、ヴィジストとの国境です」

「ヴィジストって確か――」

昨日の夕方、第三王子――ダグラム・キシュタリアとの会話にも出て来た隣国。

数年前までは小国であったが、鉱物を使った戦闘兵器での戦闘は負け知らずで、軒並み戦争に勝利し、国土を拡大していった。

そこに目をつけたのはキシュタリア王国の第三王子、ダグラムだ。

ダグラムは今のうちにヴィジストを味方につけたほうが良いと国王に進言し、こちらは果物や加工品を、あちらは鉱物を輸出入することを取り決め、友好国となったのはつい先日のはず。

（それなのにどうして……カリクス様は大丈夫なのかしら……）

公爵家に来てからカリクスと共に過ごしてきたサラは、カリクスが国一番の剣の使い手であることを知っている。毎朝欠かさず鍛錬をしていることも、国の騎士団から加入してくれないかと誘われていることも。

だから戦地に赴く、という事実にはそれ程驚くことはなかった。

しかし昨日の今日で出陣というのは余りに早い。つまり事は急を要するということで間違いないのだろう。

サラは思考を巡らせながら、顎あたりに手を持っていく。

「詳細は聞いたかしら」

「いえ。ただ念の為、守備を強化するために来てほしいと言われたと」

「なるほど……」

であるとすれば、まだ戦いは行われていないが、いつそうなるかは分からないので、国一番の強者を派遣し、ヴィジストに対して牽制すると——。

「期間は聞いている？」

「はい。早ければ一週間、遅ければ二ヶ月ほどかかるかもしれないと」

「……分かったわ。ありがとうセミナ」

その確認を最後に、サラは普段通りの笑顔に戻ると朝の支度を始める。

将来のアーデナー公爵家女主人になる身なのだ。使用人たちの前で動揺するわけにはいかなかった。

「サラ様、実は旦那様から伝言を預かっているのですが」

しかし、セミナがそう切り出したことでサラの瞳は僅かに揺れる。

セミナは目を閉じて、ゆっくりと口を開いた。

「私が居ない間、屋敷や使用人たちを頼む。無理はするな。——君に、早く会いたい」

「…………っ」

カリクスはいつも欲しい言葉をくれる。

これまでのカリクスの言葉や行動、昨日の出来事を思い出し、サラはまた泣いてしまいたくなった。

それでもサラはずずと鼻を啜り、涙をこらえた。涙腺を緩ませるのはいつもカリクスだ。

◆◆◆

カリクスが戦地へ赴いてから三日が経つ。

自分の仕事が一段落付いたので、午後からの空き時間、サラはカリクスの仕事を処理していた。

もちろんカリクスの許可がいるものには手を付けないが、ここ最近ではサラの独断で決断しても良いと言われている案件がいくつかあるのだ。

「この税は下げて……東通りは――」

「サラ様。ヴァッシュでございます」

「……！　ヴァッシュさん、こんにちは」

ガラリと扉が開いてヴァッシュが目の前に立っている。どうやら集中しすぎてノックの音に気が付かなかったらしい。

サラはペンを置き、資料からヴァッシュへと視線を移した。

「どうしたの？」

「サラ様宛に手紙が二通ほど届きまして……」

「私に……？　二通も？」

はて？　サラは小首を傾げる。

再三になるけれど、サラは伯爵家にいた頃は使用人以下の扱いを受けてきたので、友達だと呼べる存在はいなかった。

公爵家に来てからもサラ宛に届いた手紙はなく、もちろん家族から近況報告や、労るような言葉が綴られた手紙が来ることもなかった。

「まずはこちらになります」

「ありがとうヴァッシュさん」

とりあえず一通を手渡される。

なんの変哲もない封筒を手に取るとサラは「あ…………」と言葉を漏らし身体を硬直させる。

その様子にヴァッシュは申し訳無さそうに眉尻を下げた。

「そちらの手紙は、破棄なさいますか？　――差し出がましいようですが、読まずとも良い気がしますが」

「…………」

それは一瞬で、差出人の文字を見ただけで分かった。

（どうして実家から手紙が…………）

無意識に手が震え始める。書かれている内容が自分自身を傷つけるものだろうと安易に予想出来たからだ。

こんなとき、カリクスが傍にいてくれたなら――サラは無意識にそんなことを考える。

（……いつの間にこんなに弱くなったの…………）

サラはぶんぶんと頭を振ると、ナイフを手に取り封筒に差し込む。

便箋を取り出し広げ、震える手をどうにか抑えながら読み始めた。

「…………なんて、ことを」

手紙は家族から、というよりは父親からだった。

伯爵家を陥れて楽しいかという事実無根の虚言と、援助金を増やせということだけがつらつらと書かれている。

サラは小さく、ため息を吐き出した。

「大丈夫ですかな？　今すぐその手紙、このヴァッシュが粉々にしてしまいましょうか」

「……ふふ、大丈夫。私もびっくりしているの。あ、手紙の内容じゃないわよ？　もっと悲しさとか虚しさが込み上げて来るのかなぁと思っていたんだけど、……思っていたより平気だったわ。呆れた……ってまずそう思ったんだもの」

もちろん、ショックが無かった訳ではない。

領地経営が傾き出した原因はサラの陰謀──即ち、ファンデッド家の経営に圧力をかけるよう、サラがカリクスに指示したのだろうという内容だったのだから。

サラは今まで領地のため、民のためにできるだけのことは尽力してきたつもりだったので、戦力になっていたかはどうであれ、その気持ちさえ分かってもらえていなかったことは悲しみを禁じえない。

──そもそも家族、領地、領民のためにミナリーの代わりに嫁いだというのに、どうしてそういう思考になるのか。

今まで自分の境遇や、浴びせられる言葉に、妥協や我慢しかしてこなかったサラは、ここで初めて疑問を持つ。

昨日流した涙の中に、家族への罪悪感がほんの少しでも含まれていたのか、それともカリクスという優しい人間の傍にいることで、自分の価値をほんの少しでも見出だせるようになったからなのか。

「ヴァッシュさん、この手紙は破棄してください。……今後カリクス様が見つけたりしたら、嫌な気持ちになるかもしれないわ。あの方はとてもお優しいから……」

「かしこまりました。私の名誉においても粉々にしてから塵にも残らないほど燃やしておきます。

……して、返事は書かれますか？」

「ん―……そうね…………」

とはいえサラは、未だに家族というものに縛られている。その糸はほんの少し緩んだだけで、それは固く複雑に絡み合っていた。

「ええ、書くわ、後で一式用意お願いできる？」

「かしこまりました」

もちろん事実無根だと告げるつもりだ。援助金もこれ以上は不可能だということを書かなければ。サラがどうこうできる問題ならば手助けをしただろうが、援助金はアーデナー公爵家から出ているものだ。サラの一存でどうにか出来るものではない。

「ヴァッシュさん、もう一通の方も今読むわ」

「はい。ではこちらを。ちなみにこちらは旦那様とサラ様に連名でのお手紙となっています」

「私たちに？」

次に手渡されたのは、先程とは違い上質で艶のある仕上がりだ。宛名も美しく、上位貴族であろうことが簡単に想像できる。

そして差出人を確認しようと裏を向けると、サラは再び身体を硬直させる。

差出人の名前の代わりに、そこには紫色の薔薇――王家の紋章が刻まれていたからだ。

幼少期に一通り淑女としてのマナーや教養を学んだときに、これだけは覚えておきなさいと言われたのが紫色の薔薇――王家の紋章。

この紋章が付いている招待状、手紙、品物には王族からの強制力があり、貴族社会で生きていきたければ従わなければならないと強く言われたことを思い出す。

そうして今、その紋章が付いた手紙が公爵家へと送られ、サラの手元にあった。

「本来ならカリクス様と一緒に見るべきだけれど、状況が状況だし仕方がないわね……」

サラは再びナイフを使って封筒を切り、薔薇の香りがふんわりと広がる便箋を開く。

上から順に読んでいき、読み終わると丁寧にその手紙を机の端に置く。

サラは両手で顔を覆うと、ハァ……と大きくため息をついた。

「どうされたのですか？」

「王族主催のお茶会に出ないかって内容だったのだけれど……」

「ほお？　つまりはお茶会への招待状ですな」

「それが……招待状とは少し違うの」

「……違う？」

身分は関係なく、本来招待状というのは行われる一ヶ月前には届き、可能な限り直ぐに返事を書くのが一般的だ。王族が関わる規模が大きいものなら猶の事だ。

参加する側がスケジュールを押さえる問題があることと、主催する側が人数を把握して準備をする時間が必要だからである。

それなのにこのお茶会の日時は五日後で、しかも必ず参加するようにと最後に念押しをしてある。

何より不思議なのが、このお茶会の主催者と手紙の送り主の名前が違うということ。

「メシュリー第一王女が主催されるお茶会だというのに、手紙の最後に書いてある送り主の名前はダグラム第三王子……。こんなこと普通あり得るのかしら……」

「それは何やらおかしいですな」

「そうよね⁉　けれど……この紋章が王家のものなのは間違いないわ。カリクス様は今戦地にいるから致し方ないとしても、その代わりに私だけは行かないと……王家を敵に回してはいけないもの」

ニコリ、サラはヴァッシュに向かって控えめに笑って見せた。

（社交界か……本当は嫌だな……けれど殿下には二度も失礼なことをしてしまったし……行かないわけにはいかないわよね……）

サラの内心は乗り気じゃない、なんてどころの話ではなかった。

昔大失敗を犯し、家族から完全に見放されたのは王族主催のお茶会だったからだ。完全にトラウマだった。

サラの瞳に影が落ちる。ヴァッシュはふむ、と考えるように顎に手をやった。

「サラ様。旦那様は元より、アーデナー公爵家は昔から国に対して力のある家です。もしも行きたくないのであれば、行かなくとも構わないでしょう。それだけで公爵家が王家から不興を買うようなことはございません」

安心感を与えるように優しく微笑むヴァッシュ。

サラには表情は分からなかったが、ヴァッシュの言葉から自身の境遇について知っているのではないか、と感じた。

カリクスは多忙のためヴァッシュが調べて報告した、と考えれば合点がいく。

実家からの手紙を読まなくても良いと言ったのが何よりの証拠だった。

(知ってるのに知らないふりしてくれるんだ……。ん？　けど待って？　やけに実家からの手紙粉々にしたがってなかったかしら？　……まあ、そんなのどっちでも良いか)

サラが自己完結すると、ほほほ、と笑い声を上げてから、ヴァッシュが再び口を開いた。

「それにご存じですかな？　旦那様は相手が王族だろうが他国の貴族だろうが、ここ数年社交界には顔を出していないのですよ。商談や戦地に向かうとなれば話は別ですがね」

「そうなの……？」

「はい。サラ様も旦那様が『悪人公爵』だと言われていることはご存じでしょう？　お顔の火傷痕のこともありますし、注目を浴びることを避けているのですよ」

「……そう、なのね」

確かにカリクスが貴族たちから忌み嫌われているだとか、冷酷残忍な性格だと言われていることをサラは知っている。

しかし公爵家へ来てからはカリクスが噂とは全く違った人物であることと、使用人たちがカリクスを慕っていることから、その悪評の存在をすっかり忘れていた。

社交界へ出向かないのも、単に忙しいからなのだと思っていたくらいだ。

(あれ……？　そういえば私、カリクス様のことあまり知らない……火傷痕の理由も、ご両親が亡くなった理由も……。って、あ、れ？　お義父様は三年前に亡くなられたって言っていたけれど、お義母様は……？）

疑問を持ったサラは、ふと口に出してしまう。

「カリクス様の火傷痕って……。なっ、何でもないわ！　ごめんなさい、忘れて……！」

「……………。仰せの通りに」

サラは慌てて言葉を取り消して、もう一度確認するように封筒を眺める。

（ダメダメ……！　こんな大事なことを他の人に聞くなんてそんなこと……っ！）

――大事なことだからこそ、本人の口から聞かなきゃ。

そうしてサラはぼんやりと文字を見つめながら、カリクスが戦地から戻って来てから聞いてみようかと思案する。

カリクスの知らない部分に触れたいと、彼をより理解したいと、思ったのだ。

そこでサラは、カリクスの伝言を思い出して、覚悟を決める。

「ヴァッシュさん」

サラはそろりと視線をヴァッシュに移す。

瞳に落とされていた影はすっかり姿を消し、光が宿っている。

「私、お茶会に参加するわ」

「おそらく当日までに旦那様はご帰還されないと思いますが良いのですか？」

「ええ。私一人で行くと書くつもり。急いで書くから、後はお願いね？」

未来の女主人として、社交界との繋がりは必須になる。カリクスが苦手ならば猶の事だ。

サラはこの日このとき、過去のトラウマと闘うと決めたのだった。

◆◆◆

同時刻、ヴィジストとの国境にて。

「ア、アーデナー公爵閣下、少しよろしいでしょうか……!!」

とある新米騎士が天幕の中で筆を執っているカリクスに、おどおどとした様子で話し掛ける。

冷酷残忍な『悪人公爵』の名は騎士たちにも広がっており、誰も近付こうともしないので、どうやら嫌な役を押し付けられたらしい。

カリクスは小さくハァ、と浅く息を吐くと、その騎士へと視線を移した。

俯いていたときと違ってはっきりと見える火傷痕に、騎士は大きく目を見開く。

「てっ、てて……定例報告に参りました！　ヴィジストは兵を待機させているものの、未だ攻めてくる様子はないようでっ……です……！」

「分かった。ご苦労」

急ぎ招集され、初日に顔を出した以降この定例報告の内容は変わらなかった。

おそらくヴィジストは攻めてくる気はないのだろう。今回の件はキシュタリアに対して戦意はなく、ヴィジストの鉱物兵器を相手にしたくなければ今後攻めてくるなよ、という意思表示に過ぎない。

それはカリクスだけではなく末端の騎士まで理解はしているが、ヴィジストが国境付近から撤退しない限りはこの場を離れるわけにもいかなかった。

そもそも今回ヴィジストがこのような行動に出たのは理由がある。

『自己中王子』こと、ダグラムが先のヴィジストとの外交を行ったときに、余りにも威圧的な態度を取ったからである。このままでは平等な取引ではなく、いつか搾取されるかもしれないとヴィジストは危機感を持ち、現在に至っている。

戦地に着いてから騎士団長からその話を聞いたカリクスは頭を抱えた。

「全く、面倒だ」

「ヒィ……！　すみませんすみません！」

「独り言だ。君に言ったんじゃない。済まなかったな」

「い、いえ!!　って、え!?」

カリクスの噂には尾ひれがついたものが数多く存在するが、一つに絶対謝罪しないというものがある。

それを聞いたことがあった騎士は、あまりにも平然と謝罪の言葉を口にしたカリクスに驚き、動揺を隠せなかった。

——この方は、噂ほど怖い人ではないのかも？

確かに火傷痕はあるし、親しみやすい方ではない。しかし噂ほどの悪人ぶりは感じられないし、いきなり斬りつけてくるなんてこともない。

新米騎士の中で噂のカリクスではなく、目の前にいるカリクスは一体どういう人物なのだろうという興味を持ち始める。

「あの公爵閣下、一つ質問よろしいでしょうか？」

「……？　何だ」

どうやら質問にも答える気はあるらしい。騎士の中でカリクスのイメージはどんどん良い意味で普通になっていく。

「そのお手紙は大切な方に、ですか？」

「これは──」

カリクスはそう言って長い脚を組み替える。

明後日の方向に視線を向け、穏やかそうな笑みを浮かべたのだった。

「未来の妻にだ。──頑張りすぎるなと念押ししたくてな」

「……？　無理をなさる方なのですか？」

「そうだ。だから本当はもっと甘やかしたいんだが、どうにも──いや、今のは忘れろ。……早く持ち場に戻れ」

「ハッ、はいぃ!!　失礼します！」

ギロリと迫力のある瞳で睨まれた気がしたので、慌てて逃げ出す。

しかし騎士の内心はそれ程恐れで膨れ上がっていなかった。

──公爵閣下は婚約者のこと大好きなんだなぁ。騎士はそんなことを思いながら持ち場に戻る。

同期の騎士から大丈夫だったか？　と声を掛けられたので、噂とは違うカリクスを知ってもらうために「次はお前が行ってみろよ」と話した結果といえば。

新米騎士がカリクスを恐れ「もう行きたくないから代わってくれ」と漏らしたという、歪曲した噂が流れたとか。

サラ、トラウマとの向き合い方

カリクスが戦地に赴いてから八日目。ついに訪れたお茶会当日。

早めの昼食をとったサラは、衣装にメイク、髪の毛を結ってもらい、準備を進めていく。

一般的なお茶会、しかもガーデンで行われる立食形式ならば比較的動きやすいドレスで良いのだが、今回は王族という例外のために、やや格式高いドレスを着用する。

ミルクティー色の髪は軽く巻いて下ろし、落ち着いた赤色で袖が五分丈の涼しげなドレス、メイクは普段よりややはっきりと施した。

普段の優しげな雰囲気から一転してエレガントな仕上がりに、我ながらやりきった、とセミナは感嘆の声を漏らす。

「素晴らしいですサラ様……旦那様が見たら倒れるんじゃないかというくらいお綺麗です」

「いっ、言い過ぎよセミナ……！　けれど、このドレス大人っぽくて素敵ね……それにセミナがいろいろしてくれたんだもの。きっと大丈夫よね」

「大丈夫なんてものではありません。私は会場の手前までしかお供できませんが、どうぞ近付いてくる輩にはご注意くださいませ」

「輩って……。大丈夫よセミナ、私は本当に美人でも何でもないんだから」

「サラ様…………」

本当にお綺麗なのに……とセミナは残念そうに呟く。

カリクスを含めた屋敷の人間がどれだけ容姿を褒めてもこのとおりである。

いっそのこと社交界で周りの男性に綺麗だと言われた方が、サラが理解するのは容易いかもしれないとセミナは思う。

――コンコン。

「はい。どうぞ」

「失礼いたします。ヴァッシュでございます。おやサラ様……今日は一段とお美しいですな……旦那様が見たら倒れ――」

「それはもう私が言いました」

「ほう、それは失敬」

セミナとヴァッシュのやり取りに、サラは堪らずクスクスと笑い声を上げる。

「ふふっ……それで、どうしたの？　そろそろお茶会の時間だからあまり長くは時間がつくれないのだけれど……大丈夫かしら？」

「こちらを渡しに参りました」

「えっ、これって……」

「セミナ、お前も私と部屋を出ますよ」

ぐぐ、とヴァッシュはセミナの首根っこを掴むと「失礼いたします」とだけ言って早急に部屋から出ていく。

まるで嵐が去ったようだが、訪れた静寂は今のサラにとって有り難かった。

「カリクス様からの……手紙」

ヴァッシュに手渡されたそれを、サラは大事に開く。万が一にも破ってしまわないように、まるで宝物を扱うように。

数日前に実家と王家から届いた手紙を開くときと違って胸が高鳴っていることは、サラ自身驚くほどに自覚していた。

丁寧な文字で書かれたそれを、サラはゆっくりと目を通す。

『サラへ
まずは何も言わずに出ていって済まない。

私がいないからと無理はしていないか？　それが一番心配だ。使用人や家臣たちに頼って穏やかに過ごしているなら嬉しい。

私は今ヴィジストとの国境で待機しているよ。おそらくあちらに戦意はないから戦闘にはならない。心配しないでくれ。

ただ屋敷に戻るのは少し時間がかかりそうだ。帰ったらそうだな、ゆっくりサラと話がしたい。頭を撫でたいし、頬にも触れたい。良いだろうか。

あまり長く書いても君のことばかり考えて職務が手に付かなくなるからやめておくよ。

だからそうだな、最後に、私の我儘を一つ聞いてほしいんだが――』

――カサリ。

サラはそこで、便箋を綺麗に折りたたみ、そっとテーブルの上に置き、重しを載せた。

「さあ、行きましょう」

僅かに開いた窓からそよ風が吹く。

サラは髪とドレスを靡かせて、お茶会へと向かう。

◆◆◆

入り口手前でセミナと別れたサラは、ガーデンに入ると人の多さに足が震えそうになった。

上品な話し声、何か含みのある笑い声、ヒソヒソとした噂話、全てが貫くように耳に入ってくる。

こういう雰囲気自体、サラは得意ではなかった。

加えて集団において、サラの顔が見分けられないという症状は大きなハンデとなる。

勇気を持って社交場に来たものの、また失態を犯すわけにはいかないので、サラはガーデンの端にポツリと立ち尽くすことにした。

(大丈夫大丈夫……もし話しかけられたら、名乗ってくれない人にはまずは名前を聞きましょう。知らないのかって、嫌な気持ちにさせてしまうかもしれないけれど、間違えるよりはきっとマシよね……!)

そう意気込み、ぐっと拳を作ると近付いてくる足音に気付く。突如サラは一人の男性に話しかけられたのだった。

「レディー、はじめまして。私はダートンと申します」

「は、はじめまして。サラ・ファンデッドと申します」

「サラ、と言うのですね。名前も可憐な貴方にぴったりだ。ところで今はお一人ですか？　でしたらあちらで私とお茶でも——」

名乗ってくれて良かった、と安堵したのは束の間だった。

ガシッ、と両手を搦め捕られてしまったサラはぞわりと鳥肌が立ち、パッとその手を振り払う。

「も、申し訳ありません……！　私あちらに友人が待っておりますので……！」

友人なんてどこを探しても居ないのだが。この際嘘でも良いのでサラはこの場から離れたかった。

ダートンだからどうこうという問題ではない。カリクス以外の男性に、というのが大きな要因だった。

（どうしてなんだろう……カリクス様には何をされても、緊張はしても嫌だなんて思わなかったのに）

しかしサラの内情とは裏腹に、どこに行こうと代わる代わる男性が話しかけてきた。

丁寧に名乗ってくれるので失態を犯すことは無かったが、全員が美しいやら可憐やら、はたまた婚約者はいるか聞いてきたり、自分の地位の高さを自慢してきたり、等々。

（お茶会ってほとんど女性のはずじゃ……？）

確かに一般的なお茶会は女性の社交場とされている。男性がいたとしても社交界デビューを済ませていない未成年ばかりだ。

しかしそんなものは主催者の意図でどうとでもなる。それが王族ならば尚更のことだった。

サラはそんな男性陣から何度も何度も逃げ回っていると、主催者のメシュリー第一王女が近くに居ると気づく。

ちなみに顔で分かったのではなく、その人物の周りを囲む騎士たちが居ることと、彼女の前には令嬢が列をなしているからだ。

おそらく囲むのは王族専属の護衛であり、列があるのは主催者への挨拶待ちで間違いないだろう。

(私も挨拶に行かなくちゃ)

手紙の差出人は第三王子のダグラムだったが、このお茶会の主催者は間違いなくメシュリーだ。これは間違えてはいけない。

サラは列に並び、そして自分の順番が回ってくると優雅にカーテシーを行い、自己紹介をした。

惚れ惚れするほどに美しいプラチナブロンド。ネックレスの宝石は今まで見たことがないくらい大きい。淡いピンク色のドレスも最先端のものだ。

だがどうにもサラにはひとつ気がかりだった。

そろそろ夏本番だというのに、首元も腕も全く見えない仕様のドレスなのだ。

もちろん過度な露出はありえないが、それにしたって若い未婚の女性が夏場に着るドレスとしては、いささか引っかかる。

意識をドレスから戻す。顔を上げると「ようこそいらっしゃいました」と鈴を転がすような声に、メシュリーは可憐な姫なのだろうとサラは想像した。

「貴方が……カリクスの婚約者ね？」

「え、あっ、はい。カリクス様とお知り合いなのですか？」

「ええ。貴方よりもずーっと前からね。彼のことなら貴方より知っている自信があるわ？」

可愛らしい声なのに、どこか棘があるように聞こえる。

カリクスと、呼び捨てにしたり、一般論で婚約者に言わないであろうセリフを吐いたり、サラにはメシュリーの意図が測りかねた。

「えっと……あの…………」

返答に困っていると「ぷっ」と噴き出してしまうような笑い声が上がる。

サラは理解出来ずに瞬きをパチパチと繰り返した。

「ごめんなさい、冗談よ」

「じょ、冗談でございますか……？」

「彼とは幼なじみだけど、最近のことは全く。風の噂で結婚するって聞いて……。けれど、まだ婚約段階なのよね？」

「はい。そのとおりですわ」

「そう。そうなのね──」

（また含みのある声だわ……顔が分からないから勘違いかもしれないけれど……）

挨拶待ちの人がまだ大勢いるため長話もどうかと思い、サラは再び頭を下げてからその場を去ろうとすると、またね、と手をひらひらと振られる。

未来の主人が王族と知り合いなんて、貴族にとっては有り難いことだというのに、サラは何故だか全く喜べない。

（カリクス様のこと、呼び捨てに出来るような女性がいたんだ……）

そこに引っかかりを覚えるのは確かだが、何故なのかは分からなくて、サラの心にはもやもやが募る。

こんなことではお茶会に出席した意味があまりないと交流を持とうとするものの、顔が見分けられないので話し掛けることも出来ずにふと足を止めた。

——ドンッ。

「きゃ……っ」

急に足を止めたせいか、後ろから誰かにぶつかられてサラは体勢を崩すと、派手にその場で転ぶ。

社交界で再び失態を犯してしまったと、恥ずかしさで顔をカァっと赤くすると、次の瞬間だった。

赤くなった顔が、血の気が引いたみたいに青くなったのは。

「その声……まさかお姉様……？」

サラ、母と妹に怒りを覚える

その声を聞き間違えるはずがない。

サラは座り込んだ状態でゆっくりと振り返り、そして浴びせられる甲高い声に確信する。

「本当にお姉様じゃない！　何でこんなところに？」

「っ、ミナリー……」

「ミナリー！　そこで何をしているの？」

「お母様！　ちょっとこっちにいらして！　面白いものが見られますわよ～」

そうしてミナリーが手招きした先に居る人物に、サラは肩をビクつかせる。

こちらも顔を見なくても分かる。十八年間、一緒に過ごしたのだから。

カツンカツンと近付いてくる足音が止まると、金色にラメのようなキラキラした物があしらわれた扇子がバサリと開かれた。

口元を隠し、サラのことをまるで虫を見るような目で見下している。

「あら……あらあら～立派なドレスを着ているのに座り込んでいたら勿体無いわ。お立ちになって？」

「えっ……」

てっきり罵倒の一つでもされると思っていたサラだったが、掛けられた言葉は随分と優しい。

それに扇子を持っていない方の手が伸ばされ、どうやら掴まりなさいと言っているらしかった。

（どうして……？　お母様は私に手を差し伸べたりするような人ではないわ）

しかし転んだことで周りの注目を集めてしまった今、サラがこの手を掴まないこと即ち、人の善意を無下にする無礼な人間だという烙印を押されてしまうということ。

貴族社会においてそれは『死』を意味すると言っても良い。名前を間違えるより、淑女としてマナーが未熟であることより、影響力は大きいのだ。

「ありがとう……ございます」

つまり選択肢は元よりなく、サラは恐る恐る手を伸ばし、弱々しく掴む他なかった。そこまでは良かったのだが。

「えっ……きゃあ……っ」

その手は虚しくも振り払われ、サラはドスンと尻餅をつく。醜態の上塗りだった。

そんなサラの姿に周りから聞こえるあざ笑う声。完全にサラは『笑い物』として認識されてしまったのだった。

サラは俯いたまま、ぽつりぽつりと口にする。

「酷い、です……どうしてここまで」

「嫌だわ酷いだなんて！　私は善意で手を差し出したのに、わざと手を離したのはサラ、お前じゃないの」

「⁉︎　違います……っ、私は……」

「うふふっ、お姉様ったら酷いわ～見た目だけじゃなくて中身も醜くなってしまったのね。可哀想に」

「私は……っ！」

言い返さなければ、誤解を解かなければと思うのに、喉に何かが詰まったみたいに言葉が出てこない。

周りの貴族たちは遠巻きで見て、クスクス笑ったりひそひそ話をしたりするだけで、助けてくれる人も居ない。

サラは見知らぬ土地に一人で放り込まれたみたいに、心細さや悲しさや苦しみで胸がぐちゃぐちゃに掻き乱されるようだった。

震えながら座り込んだまま動かないサラに、ミナリーたちは周りの貴族には聞こえないように小さく喉を鳴らす。

「無様ねサラ……その姿がお似合いよ。貴方みたいな出来損ないに、この場所は似合わないわ。それにそのドレスもジュエリーも醜い貴方には勿体無い代物よ。公爵家ってお金だけはあるのね～」

「ふふっ、だってお母様、ほらお姉様って確か……」

「ああ！　そうだったわね！　貴方には床上手っていう長所があったものね！　ごめんなさぁい？」

「なっ、なんですか……それっ！」

謂れのない言葉に、サラは慌てて言葉を返す。

「そもそも私とカリクス様はまだ婚姻が済んでいません……！　婚約者です……！　ですからそんなことは有りえません……！」

「やだ～まだ婚約者だというのにそういうことをしているの？　何も長所のない貴方にはそれくらいしか無いのだろうけど、自分のことを大事にしなさいな？」

「ミナリー泣きそう……！　相手があの『悪人公爵』だなんて……。ふふっ、お姉様大丈夫？　叩かれたり粗末な扱いをされてなぁい？　ミナリー心配で心配で」

「ミナリーはサラと違って本当に優しくて良い子ね」

（誰がどの口で言うの……っ、どうして、カリクス様のことまで悪く言われなくちゃいけないの

（……っ）

　サラはそう思ったけれど、喉まで出かけた言葉をぐっと呑み込む。

　どうせ言ったって伝わるはずがない。信じてもらえるはずもない。

　無闇矢鱈に騒いでこれ以上騒ぎにはしたくないし、このまま黙っていたほうが二人は早く帰ってくれるかもしれない。

　サラはこのとき、そう考えて沈黙を貫こうと思っていた。――けれど。

「ねぇ、お姉様。公爵様の火傷痕って怖くないの？　ミナリーだったら耐えられないわ……そんな男に嫁ぐなんて……だってほら、顔に火傷痕があるって気持ち悪いじゃない」

「醜い火傷痕の公爵様のもとにミナリーが嫁ぐことにならなくて良かったわ～」

「――――りない………」

「え？　お姉様なーに？　聞こえなーい」

「黙りなさいって言ってるの」

　プツンと、今まで我慢していた糸が切れた音がした。

　顔が見分けられない症状のせいで家族に迷惑をかけた過去があるために、サラはどれだけ虐げられても、馬鹿にされても、何を言われたって我慢できた。

　嘘つきだと言われようが、それこそ床上手だと罵られようが、この悪夢が覚めるのを待てば良いのだと思っていた。

　だけれど、カリクスのことは話が違う。

サラにとって、カリクスは初めて自分の症状を受け入れてくれた人だった。居場所も、食事も、寝床も与えてくれた。

優しい使用人たちとの穏やかな日々、優秀な家臣たちと民のために尽くす日々は、サラにとってこの上ない幸せだった。

それらは全てカリクスがいてくれたからこそだ。

家族から身代わりに嫁がされた女でも、特殊な症状を持っていても、偏見の目で見ることなく、当たり前かのように受け入れ、そして優しくしてくれた。

ありがとうと感謝の言葉をくれて、凄いなと褒めてくれた。

火傷痕自体は、確かに顔がはっきりと認識できる人間には珍しく映るだろう。

それでも実際のカリクスを知れば分かるはずなのだ。

その火傷痕が人を傷つけた代償に出来たものではないことくらい、致し方がない事情があることくらい。

本人がその火傷痕を、誇りに思っていることくらい。

「私のことはなんと言おうと構いませんが……カリクス様のことを悪く言うようなら黙っていません……今すぐ正式に謝罪してください」

「何なのこの穀潰しが偉そうに!!　公爵の婚約者になったからって調子に乗るんじゃないわよ！　あんな極悪非道な、み、に、く、い、公爵の！」

「そうよそうよ！　お母様の言うとおりよ！」

二人が自分たちの非を棚に上げて激昂するせいで、この騒ぎに気付いていなかった貴族たちも異変に気付き始める。

それはぞろぞろと集まってくると、周囲に壁を作るようにサラたちの周りをぐるりと囲んだ。

(怖い……怖い……っ)

誰なのか、どんな表情で見ているのか。それは分からないのに、例えようのない圧だけを感じるサラは無意識に身体がぶるりと震え始める。

今すぐ逃げ出したいとさえ思った。けれど、サラは傷つけられたカリクスの名誉をそのままになんて出来ないと、ぐっと足に力を入れて立ち上がる。

ドレスはややシワが付き、よく見れば汚れも付いている。

淑女としては恥ずかしい姿ではあったが、その凛としたサラの立ち姿に、何故か周りの貴族たちは息を呑んだ。

「私の婚約者を侮辱したこと、いくらお母様とミナリーでも許すことは出来ません。もう一度言います。謝罪してください」

「なっなっ……!!　サラのくせに生意気よ……!!」

「!?」

その瞬間、ぐわっと扇子を持つ左手が振り上げられる。

(叩かれる……!)

ギュッとサラは目を瞑る。あまりにも咄嗟のことで体は動かず、痛みを覚悟した、その瞬間。

——パチン!!

扇子が振りかざされ、接触をした音が会場にこだまする。

だというのにサラに痛みはなく、代わりに聞こえるのは周りの貴族たちのざわざわと動揺を含む声。

「どうして、貴方がどうしてここに——」

母の聞いたことのないような怯えを孕んだ声に、サラはその全貌を見るためにゆっくりと瞳を開いた。

目の前に映るのは漆黒の髪。風に吹かれたからなのか、いつもより乱れた髪だったけれど、サラが見間違えるはずがなかった。

「カリクス、様………っ」

「ただいま、サラ。遅くなってすまない。——さて、ファンデッド伯爵夫人とその娘ミナリー、お前たちが私の婚約者に何をしたのか、説明してもらおうか」

カリクス、悪人公爵の異名は伊達ではない

「どうしてここにカリクス様が……手紙にはまだ帰れないと……」

それなのに一体どうして、とサラが疑問を口にすると、カリクスは前を向いたまま答える。

「今朝方ヴィジストの兵が国境付近から去っていったから、馬を走らせて屋敷に帰ってきた。サラが居ないから何事かと思えばお茶会に行ったと聞いてな。ヴァッシュに渡されたあのおかしな手紙

を読んで急ぎ来てみれば……まさかこんなことになっているとは思わなかったが」

「申し訳ありません……」

「謝るな。サラは何も悪いことなんてしていないだろう。見れば分かる」

カリクスは振り向いて、サラを安心させるようにニッと笑って見せる。サラには表情は読めなかったが、声だけで十分伝わっている。

しかしサラがカリクスの顔をじっと見ると、火傷痕とは反対側の頬に赤いものが見える。それはつぅ……と顎をつたい、地面へとぽたりと落ちた。

「カリクス様……！　ち、血が出ていますわっ！　私を庇ったから……っ」

「平気だ、痛みはない。サラを守れたなら名誉の負傷だな」

「冗談を言っている場合じゃありません……！」

「本気なんだが」としれっと言うカリクスと「どうしましょう……！」と慌てた様子のサラに、ミナリーたちは自分たちの目を疑った。

カリクスは『悪人公爵』と呼ばれていて、火傷痕があって、冷酷残忍で、どうやったってサラは不幸になっているはずだというのに。見れば見るほどカリクスがサラを見つめる目は慈愛に満ちている。

その一方で、ギロリとこちらに向けられた目は噂通りの恐ろしいものだった。

そんな環境に慣れているはずのないミナリーたちは、がちがちと歯が音を立てるくらいに唇を震わせ、母の方はカリクスと距離を取ろうと後退る。

足がもたついたのか、ドスンと尻餅をついた母のもとに、ミナリーが駆け寄ることは無かった。

ミナリーもまた、カクンと膝から崩れ落ちたからだ。

「――それで、この傷だが。どうしてくれる、ファンデッド伯爵夫人」

「もっ、申し訳ありません!!　アーデナー公爵閣下、治療代はお支払いします！　しかしこれは不慮の事故ですわ……！」

「違う。私が庇ったから良かったものの、サラに傷一つでも付いたらどうするつもりだと聞いている。……ああ、あと、これだけ多くの見物人がいるんだ。意図的にサラに危害を加えようとしたことは明白。私の大切な婚約者を傷つけようとしたこと、たとえ家族であれど許されるものではない」

ドスの利いた低い声、言い訳を許さない物言いに、カリクスの背に隠されたサラはビクリとする。

（カリクス様……本気で怒ってる……）

サラはちらりと座り込んだ二人を見る。

表情は分からなかったけれど、きっと二人共蛇に睨まれた蛙のようになっているに違いない。

（さすがに……これ以上は…………）

自分より怒っている人を見ると冷静になるというのは本当のようで、怒りを露わにしているカリクスにサラは小さな声で「あの」と話し掛けた。カリクスは体を半身にして振り返る。

「カリクス様……もう大丈夫ですから」

「……サラは優しすぎる。私はまだあの愚か者たちから君に何をしたのかも聞いていない」

「それでしたら後でお話ししますから……っ、本当に私はもう大丈夫ですわ……！　人も集まっていますし……カリクス様と早く屋敷に帰りたいです。手当てもしないと、化膿したら大変です……ね？」

「サラ…………」

ただ単に怒りが落ち着いただけではない。このままここに居て、家族がカリクスに対して余計なことを言うのではないか、ということがサラは心配だった。

優しいカリクスが傷つけられることなど、あってはならないのだ。

本当はカリクスを中傷したことを訂正し謝罪させたかったが、もはや今はそれどころではない。

大勢の前で公爵のカリクスに叱責されたことで、二人の評判は落ちるだろうし、それで少しでも反省してくれたら。

サラはそう思ってカリクスの手をギュッと握るのだが、同時に周りの貴族たちが動き出した。

それは誰かが通る道を作るように移動し、そこから現れた二人の人物。

サラはカリクスに「どなたですか？」とヒソヒソと尋ねる。

「主催者のメシュリー第一王女と……君に手紙を送りつけた張本人のダグラム第三王子だ」

「…………！」

騒ぎを聞きつけてやって来たのだろう。

このお茶会の行いは全て主催者のメシュリーが取り仕切ることになっているので、いざこざもそのうちだ。

貴族たちはそのことが分かっているので、言わずとも道を空けたのである。

ダグラムの存在は謎であったが、王族に余計な口出しをするものなどいるはずがなかった。

メシュリーは座り込む二人の近くにまで歩いて行き、ダグラムは少し離れた位置でサラとカリクスをじっと凝視していた。

　パシンッ！　と大きな音を立ててメシュリーの持つ扇子が開かれる。

　紫の薔薇が描かれたそれは、王族にしか持つことを許されない代物だ。

「さて、ファンデッド伯爵夫人、その娘ミナリー嬢。このガーデンに数多く待機させている騎士が貴方たちの蛮行を全て報告してくれました。言い逃れは出来ませんよ。もちろん言い訳も結構」

「そ、そんな……！　殿下これは違うのです……！　これは全て我が娘のサラが企てた陰謀なのです……！」

「そうですわ!!　お姉様が全て悪いのです！　信じてくださいませ……！」

　扇子で口元を隠したメシュリーはふぅ、と一息。

　すっと細められた瞳で見下されたミナリーたちは、カリクスにギロリと睨まれたのとはまた違う恐怖を肌に感じて息が浅くなる。

　メシュリーのそれはカリクスの怒りとは違い、そもそも感情を向けることさえ呆れたというような虚無の瞳だ。二人は背筋がゾクリと粟立つようだった。

「言い訳は結構という私の言葉、お二人には聞こえていなかったのかしら？　そんなお飾りの耳なら要らないのではなくて？」

「……!?　申し訳ありません……！　ほらミナリーも頭を下げなさい!!」

「キャッ、ごふ……っ」

　母に頭を押さえつけられ額が地面にぶつかるミナリー。所謂土下座は、罪人がするものと言われていて、ましてや貴族が人前でするようなものではないのだが。

しかしそうしてでも王族に許しを請うのは、この国において王の一族というのは桁違いに権力を有しているから。

一般貴族と王族の間には、決して埋められない境界線のようなものがある。

「どうか、どうかお許しを……！」

「ふぇっ、ごめんなさいぃ……っ」

「ハァ、もう結構です。まあ、確かに家族同士のことですし、そう大事にしなくても構わないでしょう」

「あ、ありがとうございます……！」

成り行きを見守るサラとカリクス。そんな二人をじっと見つめるダグラムは沈黙を貫く。

「けれど、アーデナー卿に怪我をさせたことは話が別だわ」

「そっ、それは………」

メシュリーは開いた扇子を再び閉じ、ゆっくりと二人に近づく。

目の前まで行くと緩やかに腰を折り、その扇子を母親の顎の下にピタリとくっつける。クイ、と上に動かし、無理やり顔を上げさせた。

「今後一切、社交場には出られないと思いなさい。これがどういう意味か……こんな醜態を晒す貴方にも分かるでしょう？」

ファンデッド伯爵家の夫人と娘のミナリーは、社交界においてかなり目立つ存在であった。見た目の美しさもそうだが、一番は社交場以外での気遣いが素晴らしいという評判のためだ。

相手を思い遣った丁寧な手紙に、品の良いプレゼント。ファンデッド伯爵家で行われるお茶会のテーブルコーディネートはいつもセンスが良く、お茶やお菓子の質や組み合わせも上級貴族から一目置かれているほどだった。

その全てはサラが行っていたのだが二人が自覚しているはずもなく、あるのは過度な自信とサラによって得られていた優越感。

そしてそれらを一瞬にして奪われたという意味くらいは、簡単に理解できた。

メシュリーの言葉に座りこんで動かなくなった二人を騎士たちが立ち上がらせると、ガーデンの外へと連れて行く。

「許さない……許さないわよサラ……」

ボソボソとそう呟いていた母と、見えなくなるまでじーっとカリクスを凝視していたミナリーに、サラは気付かなかった。

そうして二人が去っていったガーデンでは。

「さて皆様、不届き者は退散しましたわ。今一度ごゆるりとお茶会を楽しんでくださいね」

ニッコリと微笑んだメシュリーの言葉に一同は賛同し、散り散りになっては話に花を咲かせ始める。

サラとカリクスは屋敷に戻りたいというのが本音だったが、騒ぎに主催者が仲介に入ったため、今すぐにそれは叶わないと悟った。

「お礼に……伺わなくてはいけませんよね？」

「……そうだな。私一人でも構わないが――」

「カリクス、サラ様」

　こちらから出向かなければという話をしていると、サラとカリクスのもとにメシュリー自らがやって来る。サラは慌てて頭を下げた。

「この度は騒ぎを起こしてしまい申し訳ありません……！」

「貴方は被害者でしょう？　謝らなくても良いの。むしろ主催者として監督不行き届きだったわ。……それで、償いと言っては何だけれど……今からお時間あるかしら？」

「え……？」


　その後メシュリーに誘われてサラたちがやってきたのは、ガーデンの一番奥にある談話スペースだった。数々の花が咲き誇ったそこは、王族と王族に許可を得た者だけが立ち入ることが出来ると言われている――言わば秘密の花園。

　ここに案内されることは貴族社会において名誉だと言われている。

　王家に懇意にされている、というのはそれだけ価値があるということなのだ。つまりはこの誘いこそが償いなのである。

　本来ならば念の為護衛の騎士が帯同するのだが、国一番の実力者のカリクスがいるのならば不要だろうと、護衛はかなり離れた位置に待機することになったのだが。

「それで？　ダグラムも付いて来たのならばお座りになったら？」

何故かお茶会に参加し、何故か秘密の花園にも付いてきたダグラムに、メシュリーは呆れた様子だ。

ダグラムはふんっ、と鼻を鳴らし、腕を組んで仁王立ちしているので、メシュリーがそうなるのも致し方ないだろう。

「私はここで良い。好きに話せ」

ダグラムは少し気難しい性格をしていることをメシュリーは知っている。

どうせ何を言っても意見を変えないだろうと、座ったままサラたちに視線を移す。

「どうぞお二人はお掛けになって？　あの子のことなど気にせずに」

うふふ、と可憐な笑顔でメシュリーは言う。

カリクスといえば手慣れた様子でサラのイスを引くのだが、一向にそのサラが座ろうとしないことに気が付いた。

「サラ」

「でっ、ですが……その………」

どうやらダグラムが立っているのに身分の低い自分が座るのはとても……と考えているらしい。

カリクスは手にとるようにサラの思考が読めたので、視線をダグラムに寄越す。

サラを見ていた目とは一転、それはキリリと鋭いものだ。

「殿下が先にご着席にならないと私の婚約者が遠慮してしまいます。彼女は先のことで疲れているので一刻も早く休ませてやりたいのですが」

要約すると『さっさと座れコラァ』ということである。

「………チッ」

（えっ⁉　何で今舌打ち……⁉）

サラは言葉通りにしか受け取らなかったのでダグラムの舌打ちの意味を理解できなかったものの、無事着席してもらえたことに安堵し、自身も腰を下ろす。

手際良く侍女がいれてくれたお茶の準備が整うと、さて、と口火を切ったのはメシュリーだった。

「改めて、先の件対応が遅くなってしまってごめんなさいね。カリクス、傷の痛みはどう？」

「ここに来る前に簡単な処置はしたので問題ありません。手当ての準備をしてくれた侍女のおかげです。手配していただきありがとうございます」

「良いのよそんなこと。……それにここは公の場ではないわ。昔みたいにもっと気楽に話してよ、カリクス」

「…………」

ちらり、とカリクスは隣にいるサラを見つめる。

こちらを見ていることに気が付いたサラは、こくんと頷いてにっこりと微笑んだ。

「分かった。久しぶりだなメシュリー」

「本当にね。まさか貴方が婚約者とお茶会に来るなんて……未だに信じられないわ」

「サラのことが心配だったからな。不可抗力だ。……そういえば、このお茶会についてなんだが……」

カリクスは出された紅茶で喉の渇きを潤すと、サラを睨むように見ているダグラムを見る。

上着の内ポケットから折りたたまれたそれをテーブルの真ん中に置くと、ダグラムはばつが悪そうに腕を組み直した。

「私はメシュリーから届いた招待状を正式にお断りしたはず。しかしつい先日、ダグラム第三王子の名義で我が屋敷にこの手紙が届きました。しかも必ず来るようにと脅すような真似をして。――殿下は私がヴィジストへ国境警備に赴いていることをもちろん知っていたはずです。つまり、このお茶会にはサラが一人で参加する可能性が非常に高かったということ。どういう意図でこの手紙を送ったのか、聞く権利が私にはあると思いますが」

そもそもサラはまだカリクスと婚約者でしかないので、ファンデッド家の人間である。つまりお茶会の招待状ならファンデッド家に来るはずなのだ。

現に、メシュリーからの招待状にはカリクスの名前しか記されていなかった。これが普通なのである。

というのに、アーデナー家への手紙にサラの名前まであること、それ即ちサラが現在ファンデッド伯爵家ではなくアーデナー公爵家で生活をしていることを、ダグラムが知っていることを意味する。

つまり、サラのことを調べたということだ。

それに加えて今回、カリクスが戦地に出向かなければいけなくなった原因は、外交時のダグラムの態度にある。

だというのに、カリクスが不在時に非常識な形でサラを社交場へ誘うなど言語道断だ。

カリクスは極めて冷静な態度を取っていたが、内心は怒りを覚えていた。

カリクスの言葉にダグラムの目がキョロキョロと泳ぐ。

サラも返答が気になるのか、ダグラムを大きな瞳で射貫くようにじっと見つめる。——すると。

「うっ、そんな目で見るな!!」

「へ⁉ もっ、申し訳ありません……!」

「ああ謝るな!! 私のペースを乱すなこのとんちんかん!!」

「と……とんちんかん……」

「……殿下、これ以上私の婚約者を侮辱するようなら正式に抗議いたしますが」

「……貴様……。チッ、許せサラ。今のは冗談だ」

「は、はい……」

「…………」

(サラ……だと? 相変わらず非常識な)

カリクスはスッと目を据えて、ダグラムを睨みつける。

それでもこの場は非公開の場なので、そこまで目くじらを立てることはないだろうと、己を落ち着かせる。

一方でサラは「見るな」「とんちんかん」この二言と、視察のときの発言、昔名前を間違えてしまった経緯から、ある確信を持ったのだった。

(私……とんでもなくこのお方に嫌われているのね……相当昔のこと怒ってらっしゃるに違いないないわ……)

どうしましょう、とサラは顔を真っ青にして婚約者を見ると、それに気が付いたカリクスはテーブルの下で手をそっと伸ばす。

指先がツン、と触れたサラは挙動不審な動きでテーブルの下を確認し、それがカリクスの手だと分かると、ぶわりと顔に熱が集まるのが分かった。

（なっなっなっ……！　偶然……？　偶然、よね⁉）

つい下ろした手が偶然当たってしまっただけだ。きっとそうに違いない。

サラはそう思おうとするものの、それならばどうしてこの指先はずっと触れているのだろうと不思議にも思う。

一般的には、顔を確認すれば偶然か必然かは分かるだろうが、サラにはそれが出来ないので羞恥心でどうにかなってしまいそうだった。

「おいサラ……真っ青な顔が真っ赤になっているぞ。忙しない顔の持ち主だな」

「そっ、それは……」

「ちょっとダグラム、レディーに向かってそんな言い方は失礼だわ」

「煩い。何を言おうが私の自由だ」

「なんですって……」

ダグラムとメシュリーが何やら言い合いを始めるが、サラは意識が指先に持っていかれて、それどころではなかった。

とにかく離れなければと手を動かすが、カリクスの手は追いかけるようにして近づいてくると、再びツンと指先同士が触れる。ピクリと、サラの体は小さく跳ねた。

「サラ」

言い合いをしているメシュリーたちには聞こえないであろう小さな声で名前を呼ぶカリクス。サラは俯いた状態で手だけでなく耳にも意識を持っていく。

「ちゃんとわざとだ」

「…………!?」

「嫌じゃないなら逃げないでくれ」

「～～っ」

「フッ…………良い子だ」

それから一時間、カリクスの指先が離れることはなかった。


お茶会もそろそろ終盤という頃、メシュリーは最後の挨拶をするため戻らなくてはいけないからと立ち上がると、それに合わせてサラとカリクスも立ち上がる。

「今日はありがとうございました。サラ様、またお会いした際にはお話ししてくださいね」

「もちろんですわ。こちらこそお招きいただきましてありがとうございました」

結局のところ、サラが秘密の花園で分かったことといえば、ダグラムに嫌われているということだけだった。

ダグラムに直々にお茶会に招待されたことに関しては、話が逸れてしまったために分からなかったが、カリクスもそこに関してはスルーしているので構わないのだろう。

「サラ、こちらに来い」

「……？　はい」

唐突に呼ばれ、一人座って腕組みをしているダグラムの元へ駆け寄ると、サラは言葉を待った。

それと同時に、カリクスの腕にそっと触れながら話しているメシュリーの姿は、サラからは見えていない。

「また社交の場に招待してやろう。お前は人の名前や顔を覚えていないことが多いからな！　社交界に出ればその能力も身に付くだろう」

「そう、でございますね……ありがとうございます…………お気遣い痛み入ります」

サラは幼少期、両親にも同じようなことを言われたことがある。

──数をこなせば顔は見分けられるようになるから、と。

しかしそれは違う。サラの症状は、簡単にどうこう出来るという類のものではない。

医者でさえ知らないといったこの症状が、根性や努力といった類で改善されるものではないことを、サラが一番良く分かっている。

前までならば落ち込むところだが、カリクスや屋敷の皆が分かっていてくれると思うだけで、サラは遣る瀬無さをあまり感じずに済んだ。

「サラ、話が終わったなら行こう。皆が待ってる」

「はい、カリクス様」

サラは穏やかな笑みを浮かべ、メシュリーたちに洗練されたカーテシーを行うと、カリクスと共に帰路へついた。

帰り際、サラは背中に視線を感じる気がしたけれど、先程までカリクスに触れていた指先のほうに意識が向いて、あまり深く考えることはなかった。

カリクス、サラの鈍感さを見誤る

屋敷に戻るやいなや、いの一番に迎えてくれたセミナの様子と言ったら一生忘れないだろうとサラはしみじみ思う。

「ふふっ、セミナが挙動不審な動きをしているんだもの。初めて見たわ」

「それはそうですよ……お茶会に行ったはずなのにドレスが汚れて帰ってくるなんて……何かのトラブルに巻き込まれたのかと」

「凄いわセミナ！　良く分かったわね」

「はい？　どいつです？　サラ様のドレスを汚した輩はどいつです？」

口を開けてあははと笑うサラに、セミナはつられるようにして笑う。これで強がるように笑うようならセミナは何があったのか問いただすところだが、サラの様子は至って明るいので大丈夫なのだろう。

カリクスと共に屋敷に戻って来たときの様子からそう確信していたセミナは、遅めの夕食を取るべく湯浴みを終えたサラに動きやすいドレスを着せていく。

「髪の毛とお化粧はどうなさいますか？　夕食を食べたら眠るだけですし、何もせずとも……」

「その……カリクス様と久々に食事を一緒に出来るから、少しだけ可愛くしてほしいなぁ、と思うのだけれど……良いかしら……？」

「お任せくださいサラ様このセミナとびきり可憐で美しく仕上げてみせます」

「あ、ありがとう」

相変わらずセミナはたまに早口ね、とサラは内心思いながら頬を緩ませた。

薄い化粧を施し、髪の毛はハーフアップにして淡いピンク色のドレスに袖を通す。昼間とは一転して幼く可憐な姿に、また良い仕事をしたとセミナは一人満足そうにしている。

「ありがとうセミナ。このドレスも可愛いわね」

「サラ様は元が良いので何でもお似合いになります。今日も旦那様が到着されるまでは殿方に話しかけられたのではないですか？」

「…………」

「無言は肯定と取らせていただきます。自身の美しさを自覚していただけて、セミナは嬉しゅうございます」

思い返すと内容の濃いお茶会だったわけだが、確かに男性にやたらと話し掛けられたのもその一つだ。

流石にここまで来ると、客観的に見て自分はブサイクではないのかな、とサラは思うようになった。

とはいえ普通なのだろうというくらいにしか思っていないので、まだ自覚は足りないのだが、それは一旦置いておくことにする。

「そろそろお時間になります」

「ええ、行きましょうか」

久しぶりにカリクスとゆっくり食事をとることが出来ると、サラの足取りは羽が生えたように軽い。

セミナは後方で仕えながら、そんなサラの様子を嬉しく思った。

時は少し遡り、屋敷に帰宅した直後のこと。

「旦那様おかえりなさいませ。帰ってきて早々に仕事とは……いやはや仕事の鬼ですな」

ほほほ、といつもの笑みを浮かべるヴァッシュの前で、カリクスはハァと溜息を吐きながら椅子に座る。

帰宅後先ず訪れるのが自室ではなく執務室であるため、仕事の鬼と言われるのは致し方ないだろう。

「冗談を言っていないでお前も手伝えヴァッシュ。後でサラと夕食を一緒にとると約束したんだ。暇がない」

「それはそれは宜しいことで。それならば旦那様、先ずはそちらの書類の山からご覧になってはいかがです？」

ヴァッシュがそう言って指さす先にある書類の束を視界に映し、いくら仕事が苦ではないカリクスでも気が遠くなる。

おそらく読むだけで今日一日が過ぎていく量である。

とはいえ、ヴァッシュがわざわざそう言うのだから、とカリクスは一番上の用紙を手に取った。

「……！　これは……」

「流石でございましょう？　我々が思っている以上に、サラ様は優秀なようです」

カリクスではなくサラが処理しても大丈夫だと言われていた書類の決裁が全て終わっている。カリクスの最終確認が必要なものは期日ごとに順番に並べられており、審査するのに必要な書類も添えてあった。

そして何が一番凄いって本当にミスが無いのだ。

懇切丁寧な仕事、そしてカリクスが戻ってきたときに順序立てて仕事が出来るような配慮。

普段のサラを見ていて決して仕事が物凄く速いという訳ではなかったが、それを鑑みてもあまりあるほどにサラは優秀だった。

「……サラが私の婚約者になってくれて良かったと思うよ」

「優秀だからですか？」

「それはそのとおりだが……一定数自分より優秀な女性を嫌う男が存在するだろう？　サラは楽しそうに仕事をするからそんな奴のところに嫁ぐことにならなくて本当に良かったと思ってな。妹ではなくサラを妻にと寄越してくれたことだけは、あの義家族《人でなし》共に感謝している」

「義家族といえば、旦那様が不在の間にこんなものが――」

そう言ってヴァッシュは懐から手紙を取り出し、カリクスへと手渡す。

差出人と内容を確認したカリクスは、グシャリと握り潰した。

「この手紙、サラは見たのか」

「はい。多少困惑している様子でしたが、結果的には呆れるといった感じでしょうか。この手紙を見たら旦那様が悲しむかもしれないと心配までしておられました」

「……。こんな酷い手紙を送られてきて……人の心配をしている場合じゃないだろうに……」

「ええ、ええ。ですからこの手紙は破棄済みということになっていますのであしからず。返事は書いておられましたが、事実無根だということと、援助金は増やせないということを伝えるとおっしゃっていました」

軽く頭を下げるヴァッシュ。父親の代から続くこの執事の有能さに、カリクスは頭が下がる思いだ。

目の前のヴァッシュにそんなことを思いながら、カリクスは今日お茶会であったことを話し始める。

サラの境遇を知っているヴァッシュには、念の為に情報を共有しなければと思ったのだ。

一通りカリクスが話し終わると、ヴァッシュは青筋を立てながらも仮面のような笑顔を崩さない。

「戦地から帰ってきても傷一つない旦那様が、お茶会から帰ってくると頬に処置が施されているのでどういうことかとは思いましたが……そういうことでしたか」

「社交界への参加資格の剥奪だけでは正直手緩い。この手紙のこともあるし、公爵家としてもファンデッド家にはそれ相応の報いは受けてもらう」

「それで宜しいかと。……念の為、屋敷の護衛を多めに手配しておきます」

「そうしてくれ」

その言葉を最後に、カリクスはサラとの晩餐前に最低限処理しなければいけない書類に取り掛かる。

作物の不作や税金について、領土について様々な項目があったが、領内でわずかに採れる鉱石についての今後の方針を考えていると、ふと頭にヴィジストが浮かんだ。

そのヴィジストとの外交の立て役者であるダグラムの今日の様子を思い返し、カリクスはぐぐ、と眉間にしわを寄せた。


急ぎの仕事を終えると、カリクスはサラとの夕食を楽しんだ。

久しぶりの屋敷だからというのもあるが、サラと話しているとカリクスはリラックスすることが出来た。

「昼間は色々あって言えなかったが、今日のお茶会での姿、とても綺麗だった」

「あっ、ありがとう……ございます……！」

「昼間の大人っぽくて綺麗な姿も良かったが、今みたいに可憐なサラも捨てがたい」

「カリクス様は褒め過ぎです……」

淡いピンク色の口紅を薄っすらと引いた小さな口で、サラは恥ずかしそうにデザートのブリュレを口にする。

それをじっと見つめているカリクスはリラックスモードから一転して、自身の体が熱を帯びてきていることに気が付いた。

（今日は……まずいな……）

サラを見て、カリクスは食べてしまいたいなんて思っていた。文字通りの意味ではない。

もちろん大切なサラに婚姻前と分かっていてそんなことはしないが、一応戦地からの帰りなので気が昂ぶっていたことは確かだ。それでもそのことを口に出さないくらいの冷静さは兼ね備えていたのだが。

「そういえば！　実は今日のお茶会で多くの男性に話しかけられまして……。その方々全員がカリクス様のように褒めてくださったので、私はそれ程酷い見た目ではないのかなぁと安心しました」

「………………へぇ」

――あ、これマズいやつだ。

そう気が付いたのはセミナだった。

サラの言葉に多少の脚色を加えて考えると「私結構モテるのよ？　うふふ」なんて嫉妬を誘うような挑発的な言葉に聞こえなくもないのである。

もちろん実際は文字通りの意味で、顔が分からないサラが自分の見た目について、人を不快にさせるほどではなかったことに安堵した、という意味だ。

サラの性格をよく分かっているカリクスも他意がないことは重々承知しているのだが。

「サラ、その男たちは綺麗や美しい以外に何か言っていなかったか」

「婚約者はいるのかと聞かれましたが……どういう意味なのでしょう？」

「……………へぇ」

――二回目だ。へぇ、が二回目だ……。

セミナは額に汗をかき、前髪がしっとりと濡れる。

カリクスの表情がまるで獣のようになっているのでサラにフォローをと思うのだが、カリクスに口出しするなと言いたげな目でギロリと睨まれてそれは叶わない。流石に今回は生暖かい眼差しを送る勇気はなかった。

ヴァッシュは他の仕事があるのか、この場にカリクスを制することが出来るものはおらず、セミナは脳内でサラに合掌する他なかった。

「サラ。今日のことをまだ詳しく聞いていなかったし、私はもう少し君と話したい。食べ終わったら私の部屋においで」

「カリクス様のお部屋ですか……？」

「ああ。——だめか？」

「いえ！　私もお話ししたいと思っていましたので伺いますね」

「…………。そう、か。分かった」

まさか本当に部屋に来るとは思わなかった、というのがカリクスの本音である。

サラの言葉に嫉妬し、戦地帰りで昂ぶっていたこともあってあのように誘ったが、こうも平然と部屋に来るとは誰だって思わないだろう。

自室で目の前のソファーに腰掛けるサラに対し、カリクスは髪をくしゃくしゃと乱した。

「どうされました？」

「いや、大丈夫。何でもない」

最近少しサラは自分を意識してくれていると感じていたカリクスだったが、こうも平然とされるとそれは自惚れだったのだと悟る。

結論に至ったカリクスは理性を胸に、向かい合う形から隣へと席を移した。

「早速だが……今日、私が行く前に何があったのか説明してほしい」

「それは……えっと」

サラは口籠って目をキョロキョロとさせる。おそらく家族の印象が悪くなることを懸念しているのだろう。

早急に理解したカリクスは、サラの言葉を待たずに口を開く。

「正直、今更家族を庇うことに意味はない。私はこの目で母親が君に手をあげようとしているところを見たんだ」

「………はい」

「だから教えてくれ、サラ。辛いかもしれないが、私は君一人に辛い思いはさせたくない」

「分かり、ました……」

戦地に赴く前、サラは家族に酷い目に遭わされていたことを認めなかった。

それは家族の為でもあり、ひいては自分の心のためでもあった。サラは、家族から愛されていないと自覚したくなかったのだ。

口に出してしまうと、もしかしたら、という可能性がついえてしまう気がして言えなかった。

そして何より、自身の顔を見分けられないという症状で家族に迷惑をかけたという負い目があったからだった。

けれど結局、最悪の状況を大勢の前で、そしてカリクスの前で見られることになってしまったサラはようやく認めることができた。

負い目が完全に消えたわけではないが、それでも今回のことはサラにとって家族に愛されたい感情《長年の願い》を断ち切る大きな分岐点となった。

――私は、家族に愛されていなかったのだと。


「――ということがありました……。私はどうしても許せなくて、初めてあんなふうに、言い返したのですが……結局は…………。今まで家族に対して感じていた愛情が一気に冷めました……私がもっと早く家族への思いを断ち切れていたら……」

全貌を全て明らかにし「カリクス様を傷つけることになってしまって悔しい」と俯くサラ。

それは家族に対してあそこまで身を削り、自身の首を絞めるように傷つけ続けてきたサラが、事実を受け入れた瞬間だった。

何故今回に限って受け入れることが出来たのか。言い返し、大事《おおごと》になったのか。

その理由がカリクスの悪口を言われて許せなかったから、だという。

「サラ……」

カリクスはそっとサラの横髪を掬い上げて耳に掛ける。

やや光が差し込んだ視界に、サラはちらりとカリクスの顔を見る。

不安げな瞳のサラの手をそっと掴むと、カリクスは自身の頬へと誘った。

確か初めて会ったときもこうやって——サラはそんなふうに思いを馳せて、指先に意識を集中する。

「私が今、どんな顔をしているか分かるか？」

「えっ、と……もしかして笑ってますか……？」

「うん。不謹慎だが笑っている。済まない」

「理由を聞いても……？」

数秒の沈黙の後、カリクスは頬に繋ぎ止めているサラの手にギュッと力を込める。

「現実を受け入れられるくらい強くなってくれたことが嬉しい。本音を話してくれたことが嬉しい。——君が初めて家族に怒った理由が、私のためだというのが嬉しい。……ああダメだ……口にすると余計にニヤける……済まない」

「……っ」

破顔の一言に尽きるカリクスの表情。頬が盛り上がっていることや、目尻にシワが出来ていることからサラにはそれが感じ取れる。

顔を見るよりも肌から感じるカリクスの気持ちに、サラはカァッと顔が赤くなるのが分かった。何かに纏わりつかれているみたいに顔の周りが熱くて、手に汗が滲む。

触れていたい、離れたくない、笑っていてほしい、この気持ちが何なのか、知りたいけれど、知るのは怖いとも思うのは一体どうしてなのだろう。

サラはそう考えて、直ぐにその疑問を胸にしまう。

今はただ、この幸せに浸っていたかった。

「あの……カリクス様」

「何だ？　離れてほしいというのは無理だが」

「違います……むしろ、その逆です」

「――は」

刹那、サラの発言に驚いたカリクスの全身の力がふっと抜ける。

名残惜しかったが致し方ないとカリクスの頬に触れていた手を離すと、サラはそのまま両手を伸ばす。

カリクスの背中にギュッと手を回すようにして抱き着くと、反対にカリクスの手は当てもなく彷徨うように宙でピクピクと動いた。

「カリクス様のお手紙の最後に……我儘を聞いてほしいって書いてありましたよね……？」

「あっ、ああ、私はただ帰ってきたらサラに」

「はい。お帰りなさいカリクス様。……私も、早くお会いしたかったです」

「…………!?」

『最後に、私の我儘を一つ聞いてほしいんだが――帰ってきたら、サラのお帰りが聞きたいんだ』

手紙の最後にそう書いたことを、たった今カリクスはしっかりと思い出した。

カリクスは戦地へ向かうとき、いかに相手が弱かろうが、いかに自軍が有利な状況だろうが、もしかしたら今日死ぬかもしれない、屋敷には戻れないかもしれないと思って過ごしている。それが当たり前だとさえ思っていた。

しかしサラと出会い、心惹かれたことで、サラが待つ屋敷が以前とは比べ物にならないほど恋しくなった。あのお帰りなさいを聞くために、カリクスは絶対に死ねないと思うようになったのだ。

カリクスは胸にしまったはずの理性が少しずつ漏れ出していることをはっきりと自覚し、諦めた。

宙ぶらりんになっていた両手で、ギュッとサラを包み込む。

「サラ……ただいま」

「はい。お帰りなさいカリクス様」

「……まさか、ここまでしてもらえるとは夢にも思わなかった。……今日が私の命日かもしれない」

「じょ、冗談はおやめください……！」

「そうだな。早く会いたかったなんて言われたら、死ぬわけにはいかない」

「復唱するのもおやめください……っ！」

(可愛い、可愛い、可愛い……どうしてこの子はこんなに可愛いんだ)

腕の中でもぞもぞと動き始めるサラに、カリクスは余計に力を込めてずっと抱き締めていたくなる。

なけなしの理性でそんな自分に活を入れカリクスが腕を解くと、サラは抱きついたまま見上げる。

必然的に上目遣いの状態のサラと、カリクスは見つめ合った。

「もう離してしまうのですか……？」

「……!?　…………悪いが私は、流石にここまでされて我慢できるほど出来た人間じゃない」

「えっ!?」

優しい手付きで背中に回していた腕を取られたかと思うと、サラの体は瞬く間に宙に浮く。膝裏と腰辺りに腕を回されたそれは、所謂お姫様抱っこというものだ。人生で経験のないその行為に、サラは慌てているのか「あっ、あっ、え？」と言葉にならない声を漏らす。

「サラ、君は私を信用しすぎだ」

そう言って性急にベッドへと向かうカリクスだったが、コンコン、と扉から聞こえるノックの音に、ピタリと足を止める。

「旦那様、もう夜更けです。お話ならば明日にしたほうが宜しいかと思いますが」

扉越しに聞こえるヴァッシュの声。カリクスが返事をする前に話し出したところをみると、部屋の中で主人が暴走しているのではないかと危惧していたようである。

「……分かっている。直ぐにサラを部屋へ帰らせるからそこで少し待て」

カリクスは一度天を見上げてふぅ、と息を吐くと、壊れ物を扱うように丁寧な動きでサラをおろした。ヴァッシュのおかげで完全に理性を取り戻したのは良かったが、そのせいでサラの顔を見るのは少々気まずい。

「サラ、今日はもう部屋に戻ったほうが良い」

「は、はい……！　そうさせていただきますわ」

「済まないが部屋まではヴァッシュに送ってもらってくれ」

「分かりました……お休みなさいませ、カリクス様」

「ああ、おやすみ」

バタンと扉が閉まり、一人になった部屋でカリクスはズシンとベッドに腰を下ろす。

「危なかった……」とぽつりと漏らしてから再び天を見上げた。

◆◆◆

一方その頃、ファンデッド伯爵家では。

「アーデナー公爵には怪我をさせて社交場には参加できなくなるだと⁉　お前たちは一体何をしたんだ‼」

サラ、安直な予想を裏切る

遡ること数時間前。

馬車に揺られ屋敷に戻った妻と娘のミナリーを出迎えた男は鼻高々だった。

アーデナー公爵家からの援助金で買ったジュエリーと新たに仕立てた豪華なドレス、さぞやお茶会で注目の的になっただろうと思っていたからだ。

しかし二人の、特に妻の表情は暗い。疲れているのかと、とりあえずメイドたちに湯浴みの指示をし、それから夕食を取ってから三人で楽しく話に花を咲かせようと思っていたのに。

——ガシャン‼

メイドたちを下がらせて家族だけになった瞬間、口を開いた女の言葉に男は激昂し、ソーサーごとティーカップを床にぶちまけた。

「今まで王家から冷遇されて取り潰しになった家がいくつあると思ってる⁉　アーデナー公爵にも怪我をさせたとなれば何かしらの罰を与えられるだろう……！　もし、援助金を切られでもしたら……‼」

「貴方っ！　物には当たらないでちょうだい！　ミナリーが怖い思いをするでしょう⁉」

「元はと言えばお前が公爵に手を上げたりするからだろ‼」

「あれは不可抗力ですわ‼　私はサラを叩こうとしたのよ！　公爵は勝手に庇っただけ！　あの役立たずが――貧乏神が全ていけないのよ‼」

理由は何にせよ、伯爵家にとって今回のことは大きな打撃になることは間違いなかった。

現在の伯爵家の領地経営は、援助金を全て経営に充てても赤字の一途を辿っていたことも理由の一つだ。

このことを知っているのは領主であるサラの父親と、一部の家臣だけである。頼みの綱であるサラへの手紙に対する返信は期待できるものではなかったために、男はより一層頭を抱える。

女は乱れた息を必死に整えて、コホンと咳払いをした。

「確かに……社交場に出られなくなってしまったことは申し訳ありません。今後の我が家の発展に大きな打撃となってしまいましたわ。…………けれど、公爵家からの援助金がない状態で今まで経営が回っていたのなら、それ程過度に心配する必要は無いんじゃなくて？　あの貧乏神が居なくなったところで、優秀な貴方には何の影響もないはずでしょう?」

「それは……そのとおりだが………」

数ヶ月前まで、領主としての殆どの仕事を行っていたのはサラだった。

男がやっていたのは視察や領地内で行われる祭りの挨拶、人材雇用くらいだ。とはいってもその全て単独で完璧に行えた訳ではない。

視察に関しては、サラに事前にこの辺りをよく見てきてほしいと頼まれ、挨拶は事前にサラが考えたものを読んだだけ、人材雇用に至ってはサラが優秀な人材を調べ上げてピックアップし、その情報を基に父親が声を掛けただけだった。

これを出来る人間が優秀だと言うのならば、それは過大評価を超えて皮肉と言ったほうが良い。

領地経営を行っているのは自身であり、サラには雑用を手伝わせているとしか家族に告げていない男は、真実を明かすには有り余るプライドが邪魔をしたのだった。

それに何より、男はこの状況になっても信じていたいのだ。経営が落ち込んだのは自身の実力不足ではなく、サラが公爵に圧力をかけさせたのだと。

「けれどほら、あれだ……! お前たちにはもっと裕福な暮らしをさせてやりたいし、あの膨大な金がタダで手に入るんだから援助金が無くなるのは痛手だろう!?」

「それは、そうよね……。けど公爵の様子だと……援助金を切られるのは時間の問題かもしれないわね」

「…………」

先程からあまりに静かなミナリーに、ふと、男は疑問が浮かぶ。

普段ならば母に続いてミナリーも悪口を言うはずだというのに、心ここにあらずといった様子だ。ショックで呆然としている様子でもなく、何かを考えていると言ったほうが正しいかもしれない。

「ミナリーどうしたんだい？　お前には苦労はさせないから心配しなくて良いよ。あ、もしかして縁談のことを考えているのかい？　お前の美貌ならばたとえ王家との縁が切れても引く手数多だろうさ。同じ伯爵家の中から選《よ》りすぐりと令息を選んでやるから安心しなさい」

「ねえ、お父様。そのことなんだけど……」

ダイニングテーブルからゆっくりとした歩調で離れていくミナリー。

窓際に到着するとくるりと両親の方へ身体を向け、にんまりと口角を上げた。

「やっぱりお姉様じゃなくて、ミナリーが公爵様の下に嫁げば全て上手くいくと思わない？」

「な、何を言っているんだミナリー……！」

「そうよ!!　貴方あんなに嫌がってたじゃないの……！」

両親の驚く顔に対し、ふふふ、と笑みを深めるミナリー。

蝶よ花よと大事に育ててきた娘の、見たことのない妖美な表情に、両親は背筋がゾクリと粟立つ。

「今日公爵様を見てミナリー思ったの。あの方こそがミナリーの運命の相手だって！　火傷痕は正直醜いけれど……それでも目鼻立ちはスッキリしていてスタイルも良くて、お金もあって、あんなブサイクなお姉様にも慈悲深いなんて！　とーっても素敵な方だと思わない？　ミナリー欲しくなっちゃった！」

ドレスが欲しい、とは訳が違う。

貴族間同士の政略結婚――しかもサラがミナリーの代わりに嫁いだ事実をカリクスは知っているという現状。

問題は山積みだろう、と男が言おうとすると、るんっとした足つきでミナリーが近付いてくる。

そのまま顔を覗き込むような仕草で見つめられ、その瞳に男は固唾を呑んだ。

「今日お姉様が言ってたわ？　まだ公爵様――カリクス様とは婚約者で婚姻は結んでないんだって。きっと何も出来ない役立たずでブサイクなお姉様との結婚を渋ってらっしゃるのよ。可哀想だと思わない？」

「たとえそうだとしても……どうするつもりだ。慈悲だとしても大衆の面前で庇うくらいにはあの出来損ないを大事に扱っているわけだろう？　今更……」

「もうお父様ったらお仕事は出来るのにこういうことは疎いのですわね！　簡単ですわ？　既成事実をつくってしまえば良いのです〜うふふっ」

「!?」

つまるところミナリーはこう言っているのだ。

サラからカリクスを寝盗ってしまえば良いのだと。

「だがどうやって？　今の状況では会ってもらえない可能性の方が高いぞ」

「それならば簡単だわ？　カリクス様の慈悲深さを利用すれば良いのよ。――ね？　良い餌があるでしょう？」

両親はミナリーの言葉の意味を瞬時には理解出来なかったが、しばらく考えるとやっとのことで結論にたどり着く。

「サラを使えば良いのか…………！」

「そうですわ～。お姉様を伯爵家に連れて来たら良いのよ！　しばらく戻らなければ、カリクス様も心配して自ら来るでしょう？　そうしたら睡眠薬でも飲ませて私が……うふふ、これ以上は恥ずかしい～」

ミナリーはサラの性格を両親よりも良く知っていた。

いくら酷い扱いを受けてきてもさほど辛い様子を見せなかったのは、家族に対して迷惑をかけたという罪悪感があるから。

いつまで経っても家族からの愛情を欲していたことも、自分よりも人のことを優先することも、ミナリーはサラ自身よりも早くに気が付いていた。

だからこそ、家族がどうしてもと頼めば絶対にサラはやってくる。いくらカリクスが止めようが、何か裏があるかもしれないと言われようが。

「ミナリーが無事カリクス様のお嫁さんになったら、このお家に今よりもいーっぱい援助金を送るように言うね？　それにカリクス様から王家に進言してもらうつもりよ！　社交場に参加できるようにしてくださいって！　そうしたらお母様も今まで通り参加できるわ？　あ、お姉様は可哀想だからまたお家で受け入れてあげて？　お母様とお父様のお手伝いが出来るなんてきっとお姉様も幸せなはずだもの～」

「お前はなんて優しくて良い子なんだ……あんな姉の人生まで考えてやっているのか！」

「ミナリーは本当に立派だわ……あの子も貴方みたいに立派だったら良かったのに！」

男は興奮を隠せない。援助金のことはもちろんだが、何よりサラが戻ってくればまた大量の仕事を任せることができるからだ。

――決してサラの方が優れていると認めたわけではない。サラに仕事を分配すれば余裕ができ、自分が領地経営を立て直すことが出来ると確信しているためである。

女も同じように興奮が隠せない。援助金しかり、社交界の件もしかりだが、サラが帰ってくれば女主人としての雑務を任せることができるからだ。女はただただ豪華なもので着飾って、贅沢な生活が出来ればそれで良かった。

「これでみーんな幸せになれるわね！　さて、早速お姉様を誘い出すための手紙を書きましょう！」

◆◆◆

そうして一週間後。

ファンデッド家ではサラの手紙の返信に家族全員が全身をワナワナと震わせることになる。

「多忙のため帰省できません、ですって～～⁉」


話は少し遡る。

ファンデッド伯爵家にサラからの手紙の返信が届く四日前、つまりはお茶会から三日後のことである。

昼食を軽めに済ませたカリクスが執務室にてソファーに座り一息ついていると、不安げな顔でサラが入ってくる。

（今日の午前中は確か……仕立て屋が来ていたな。何かあったのか……？）

サラの登場により、家臣たちがこぞって挨拶と自己紹介をしてから仕事の質問を始めるので、カリクスはそれを制した。

「お前たち、質問はサラが空いている時にしろ。サラは私に用があるんだ」

「え？　サラ様はまだ一言もそんなことは……」

「サラの顔を見れば分かる………って何だお前たちその顔は」

「いえ、何もありません!!」と代表してカリクスに意見した家臣は、そそくさと自身のテーブルへと戻っていく。

カリクスは立ち上がると、入口付近で戸惑っている様子のサラへと声を掛けた。

名乗らなくてもすんなりと理解してくれるサラに、カリクスは頬が綻ぶ。

「どうした？　仕立て屋と何か問題か？」

「いえ……！　強いて言うならあんなにドレスは要らないといいますか……この前のお茶会のドレスも洗えば着られると言いましたのに……」

「いや、むしろまだ足りない。この前のドレスで君は本当に何を着ても似合うことが改めて分かった。また今度着て見せてくれ。……この我儘を聞いてくれるか」

「～～っ！　カリクス様は……我儘だと言ったら何でも済まされると思っておいでですね……」

「どうだか」

――これ、私たちの存在忘れてるよな？　……だよな？

家臣たちは俯き、両手を太股の上において縮こまっている。この甘ったるい空気に免疫のある人間はこの場に一人も居なかったのである。

「……話が逸れた。それで用事は何だ？」

「あ……その、ここでは少し……」

「……分かった。二人になれるところに行こう」

「はい。ありがとうございます。皆さん、午後からのお仕事頑張ってくださいね。明日は私も参加しますのでご指導よろしくお願いいたします」

「「はっ、はぃぃぃ……!!」」

おそらく他意はないのだろうが、どうしてカリクスが言うといちいち厭らしく聞こえるのだろう。

家臣たちは部屋から出ていった主君と、その婚約者を遠い目で見つめていた。

サラはカリクスを自室へ招き入れると、紅茶を入れて席に着いた。

おずおずとした様子でとある手紙を手渡すと、カリクスはそれを開いて読み始める。

「これは――」

「はい。母からの手紙で……父が危篤状態になったから至急戻ってくるようにと……」

伏し目がちな瞳に、カリクスはサラの考えを読み切れないでいる。

既に家族への思いは断ち切ったと言っていたサラだったが、流石に危篤ともなれば気持ちも揺らぐのでは？　とカリクスは考えたのだった。

サラの肩が小刻みに震える。

カリクスは何と声をかけたら良いのか分からないまま、華奢な肩にそっと手を置くと、バッと顔を上げたサラの鋭い目に驚いた。

「実はこれ、書いてあることは全て嘘なのですわ」

「――なに」

「名前は母になっていますが筆跡が父のものです。危篤状態の人が手紙を書けるとは思いません」

「……なるほど。確かにそのとおりだ。しかしなぜそんな簡単なことに気が付かなかったのか……」

「……母は男爵位の、しかも辺境の地が出身のようであまり勉学に強くありません。ミナリーも昔から勉強を嫌がっていたので、文字は読めますがスラスラと書けるほどではなく……。私は元から勉強が嫌いではなかったので幼少期はずっと先生を付けてもらっていました。今思えば、私に事務仕事や雑務を手伝わせたかったのでしょうね……。あ、因みに多忙のため帰省できませんと手紙を書きましたので、ご安心ください」

以前のサラならば、間違いなくこの手紙の存在をカリクスに報せることはなかった。前回の手紙の存在を隠したのがその証拠である。

けれど今回は自ら手紙を渡して情報を共有した――そこの変化に至ったのは間違いなくサラの心

境の変化であり、今までのカリクスの言葉がサラに響いたからだった。

やはり家族の呪縛から解放され始めていると、カリクスはほっと胸を撫で下ろす。

家族を庇うために嘘をついていたあの姿も可愛らしかったが、今みたいに素直な気持ちを打ち明けてくれる方がカリクスには堪らなく嬉しかった。

ほんのり温かいアッサムの香りを嗅いでから、喉を潤す。

カリクスはこの機会に言わなければ、と口を開いた。

「茶会で言ったファンデッド伯爵家への制裁だが――援助金を打ち切ることにした。既にその旨を伝える手紙は出している」

「……。妥当、だと思いますわ。むしろその程度で収めていただいてありがとうございます」

サラがソファーに浅く座った状態でしっかりと頭を垂れて謝意を示すと、カリクスの手がすっと伸びてくる。

まるで飼い犬を可愛がるように優しく撫でられ、サラはされるがままだ。

単純に慣れた、というよりは恥ずかしいより嬉しいが勝ったと言っても良い。

「おそらくですが……今のファンデッド領は赤字経営のはずです。ですから嘘をついて私を呼び出そうとしたのだと思います。一応私も経営に噛んでいましたから……手伝わせたいのかな、と
……」

「話を聞く限り噛んでいたというよりは、君が殆ど担っていたという方が正しいな。まあ、だから急激に領地経営が傾いたのだろうが。――援助金が無ければ破綻は目に見えている」

「ま、まさかファンデッド家の現状に気付いていて援助金を打ち切ると……っ⁉」

「私はサラを害する者に慈悲を与えるほど優しくない」

サラの生い立ちをヴァッシュに調べさせてからというもの、その後の動向も全て報告させていたカリクス。

サラは援助金を打ち切る程度で、というが、才の無い者に対しては、援助金を打ち切ることこそが一番のダメージになることをカリクスは分かっていたのだ。

（我ながら良い性格をしている。が、十数年もサラを傷つけてきたんだ。破綻でも何でもすればいい）

サラが家族に執着しているうちは過度な真似は……と思っていたカリクスだったが、本人が前を向き始めたのならば話は別だ。

さわり心地の良いサラの髪の毛を撫でながら、カリクスは一瞬『悪人公爵』の顔を出す。

「あっ、そういえば……！」

何かを思い出したサラは、頭を撫でているカリクスの手を名残惜しそうにしながら退けると、立ち上がってテーブルの引き出しを開ける。

書類の束をいくつか選び両手で抱え、カリクスの前に戻った。

「その、話は変わるのですが……パトンの実のことで」

「……君は本当に仕事熱心で頭が下がるよ」

「カリクス様だけには言われたくありませんわ……！」

現在パトンの実の栽培に関する研究は順調に進んでいるのだが、ここ最近一つだけ問題が発覚したのである。

気候――。アーデナー領地では、温暖な気候であるがゆえ、実が大きくなりづらいという。

サラはコホン、と咳払いをすると、話を戻す。

「いくつかパトンの実に適した気候のひらけた土地を探してみたのですが……どれも管理者が手強くて……」

そう言って手渡された書類。カリクスは良く調べられていると感心しながら、ペラペラと捲っていく。

その中で目ぼしい箇所を見つけ、はたと手を止めた。

「……そうか、ここもか」

「はい。この場所が何かと一番便利なのですが……私はよく知っていますので……」

カリクスの指さす先を、前のめりになって覗き込むサラは残念そうに呟く。

「けれど……そう！　世界は広いですし、もっと条件にあった良い場所が見つかるはずですわ。また探してみます……！」

「……そうだな。私も力になろう」

アーデナー領地の発展のためには思考を止めてはならない。サラはそんな思いでうじうじと悩むことはやめた。

結局のところパトンの実の栽培について具体的な対応策は出なかったものの、サラの表情は明るい。

カリクスに相談をして良かったと気分が上がると同時に、サラは突拍子もなくあることを思い出した。

（何で今これを思い出すの……）

ふと思い出したのはメシュリー第一王女のことだ。

幼なじみだと言い、カリクスと呼び捨てし、婚約段階なのかと再確認してきたメシュリーに、サラは胸の奥がもやもやしたのだが。

（胸焼け……？　何か変なもの食べたかしら……？）

こと恋愛においては普段の優秀さはどこへやら。

サラはメシュリーに対しての疑問をサッと忘れると、昨晩の食事が何だったかの記憶を辿るのに躍起になった。

カリクス、マグダット領へ向かう

季節は夏本番になり、七月半ばのこと。サラがカリクスと早めの夕食をとっていたときのことだった。

「旦那様、サラ様、お食事中失礼いたします」

今日のメニューは色とりどりの新鮮な野菜が使われたサラダに、胃に優しいトマトベースのスープ。白身魚のムニエルには香り高いバジルソースがかかっている。

毎日少しずつメニューを変えて提供してくれるシェフにサラは感謝しながら食べ進めていたが、ヴァッシュの登場により手を止める。

「何のようだ。急ぎじゃないなら後にしろ」

「それがまことに急ぎの案件でして」

「……ヴァッシュ、お前最近仕事を入れすぎだ。こうやってサラとゆっくり食事をするのは三日ぶりなんだが」

お茶会にカリクスが登場し、身をもって婚約者を庇う姿に、一定数の貴族がカリクスに対する意識を変えたらしい。

それに気が付いたのは、今まで関わりを持っていなかった貴族たちからの手紙や、取引が急激に増えたからだった。

カリクス曰く「王族に秘密の花園に誘われた影響」らしいが、サラにはそれだけだとは思えなかった。

（噂が独り歩きしていただけで、カリクス様は元から誠実で気遣いもできて優しいお方……。もっとこのことが広まれば良いのに）

サラはそんなことを思いながら、カリクスとヴァッシュの会話に耳を傾ける。

「マグダット子爵から緊急事態だと……何者かに狙われて怪我をしたらしく助けてほしいと。身動きが取れないため伺えそうにないので、足を運んでくださらないかと」

「……！　襲撃だと……。分かった。直ぐに準備に取り掛かれ。見舞いの品も忘れるな」

「かしこまりました」

和やかな晩餐の雰囲気から一転して重々しい雰囲気になる部屋で、急ぎ出ていくヴァッシュの背中をサラは目で追うと、次はカリクスに視線を移す。

「サラ、済まないが三、四日は帰れないかもしれない」

「はい。分かっています。マグダット子爵はカリクス様が懇意にされているお方ですよね？　助けを求められたのですから、直ぐに行ってあげてください。その間は私が……微力ながら、この屋敷をお守りします……！」

アーデナー家へ来た頃、サラは自信の欠片もなく、できる限りのことは頑張ろうと決意したものの、卑下することも多々あった。

周りを頼ることもできず、うじうじと悩むこともあったが、最近は誰が見ても変わりつつある。

サラはそんな自分が案外好きだった。

自信を持ち、誇りを持って仕事をし、屋敷の者たちと一緒にカリクスを支えられることがこんなにも嬉しいことだなんて、家族に執着していた頃には考えられなかっただろう。

サラの心強い言葉に、カリクスは安堵の表情を浮かべてから立ち上がる。

「頑張ることを、頑張りすぎないでくれ。……だが頼んだ」

「はい……！　お任せください……！」

そうして部屋を出ていくカリクス。

ものの一時間で諸々の準備を終えた一行を「行ってらっしゃいませ」と送り出せば、カリクスはサラの頬をするりと撫でてから「待っていろ」とだけ告げて屋敷を後にした。

サラはカリクスを送り出してから湯浴みを終えると、珍しく仕事も読書もせずに自室のソファーで寛いでいた。

「食後のお茶はいかがいたしますか？　本日のお茶はダージリンをご用意しておりますが」

「頂くわ。いつもありがとう。あ、二つ用意してくれる？」

「二つですか……？　僭越ながら旦那様は今日――」

「ふふ、カリクス様にじゃないわ。セミナさえ良ければ、一緒にお茶したいなぁと思って」

「だめかしら……？」と不安そうな目で見つめられたセミナは無意識に首を縦に振ろうとして、ハッとする。

いくらなんでもメイドの立場で未来の公爵夫人と席を共にするなどあり得ない。

心を鬼にしてでも断らなければ、とセミナは内心意気込むものの。

「この前のお茶会では誰ともきちんとお話できなくて……セミナが立場を重んじるしっかりした女性っていうのは分かっているんだけど……今日だけ、どうしても、だめかしら？」

「喜んで。実は喉がカラカラでございまして、どうやったらこのダージリンにありつけるか考えていた次第です」

「もうっ、セミナったら！　優しいんだから」

気を遣わせないためにそう言っていることくらい、サラは簡単に理解できた。

顔合わせをしたときには「よく怒っているのかと言われる」と言っていたセミナだったが、そんなことはないとサラは声を大にして言いたい。

セミナは冷静沈着で、少し早口で、たまにダジャレを言う心優しい女性なのである。

同じ席に着く嬉しさで、サラは破顔の表情を見せる。

その姿を見たセミナはティーカップを口元に運びながら、今日中にマグダット領地に到着するだろうカリクスのことを思い出した。

「私がこうやってサラ様と楽しくお茶をしていると知ったら、旦那様はヤキモチを焼きますね」

「!? そ、そんなことはないわ……!?」

「一年分のお給金を賭けても良いです。絶対当たっています。知ってましたかサラ様。実は私、この屋敷で働くまではギャンブルを生業にしていまして、右に出る者はいなかったんですよ？」

「えっ！ 嘘………」

「はい嘘です」

「セ、ミ、ナ～～!!」

キャッキャと、そこには未来の女主人と使用人の壁を越えた旧友のような空気が流れる。

騙されたわ！ と笑うサラに、セミナは無表情のままそっと目を逸らした。

――まあ本当は嘘、じゃないんですけどね。

これは今語る必要はないだろう。セミナはそう思って話題を変える。

こんな機会は滅多に無いので、どうしても聞いてみたかったのだ。

初めは同席を断ったセミナだったが、案外同じテーブルに着いてしまえば気にならない、というよりサラがいい意味で貴族らしくないことが大きかったのかもしれない。

「単刀直入にお聞きしますが……サラ様は旦那様のことを恋愛対象として好いておられますよね？」

「ゴボッ……なっ、何を急に……っ！」

（聞くって言ったのに、よねってほぼ断言してるじゃない……！）

むせたせいで、びちゃり、とテーブルに飛び散ったサラの唾液混じりのダージリンを、セミナはすぐさま布巾で拭う。あまりの早業にサラは瞬きの数が異常に増えている。

「あ、ありがとう……」

「いえ、お気になさらず。して、どうなのです？　いつからお好きになったのですか？」

「その話まだ続くの……!?」

好きなのか、から、いつから好きなのかに話が切り替わったことに、サラは気付いていない。セミナの話術に完全に呑まれていた。

サラは逃げ道を塞がれ、考えあぐねる。

「それは……その………」

サラにとってカリクスは初めて自分の症状を信じて受け入れてくれた人だ。人並み以上の生活を、人との関わりを、自由を、やりがいのある仕事を与えてくれて――家族からの呪縛を解いてくれた人だ。

正直そんなカリクスを好きだなんて言葉で片付けても良いのか。確かに好き、で間違いはないのだが、もっとこう、サラにとっては大きな存在で――。

「あ、分かったわ……！　神様！　そう、神様みたいな存在なのよ！　だから好きっていうより崇拝してるって感じかしら？」

「…………左様でございますか」

まるで悩んでいた問題が解決したように、スッキリした様子で語るサラに、セミナは頭を抱える。

これを冗談で言っている訳ではないのだから余計に厄介だ。サラの鈍感具合は日に日に増している気がする。

いくらなんでもこれでは余りにも可哀想だ、鈍感にも程があると、カリクスへの同情を禁じえない。

セミナは左口角が引き攣った。


夜も更けてきたのでベッドに横になったサラは、ゴロゴロと寝返りを打つが上手く寝付けないでいた。

原因は先程のセミナとの会話だ。それは自覚していた。

サラはカリクスを神のような存在だと思ったのは嘘ではなかった。それくらいにカリクスの存在は劇的にサラの人生を変えたのだ。

しかし少し時間が経っていざ思い出すと、違和感を覚えるのも確かだ。

神様相手に触れたいだとか離れたくないだとか、ましてや笑っていてほしいなんて、思うだろうかと。

(神は……少し違うかもしれないわ。それなら――)

なんて言葉で表せば良いのかを考えた瞬間、思い浮かんだのはセミナが言った二文字だった。

サラは芋虫のように体を縮こませて枕を抱えると、顔を埋めて小さく頭を振る。

(違う違う……そんなわけないわ……)

認めてしまえば、声に出してしまえば、それは心に絡みつくものだとサラは感覚的に分かっている。

叶わない思いならば持たないほうが良いのだと、既に家族のことで学んだのだ。

（私たちは、政略結婚なんだもの。カリクス様は結婚相手は誰でも良いって……そう……はっきり仰ってたんだから……）

きっと大丈夫。今度は上手く心を制御できる。

サラは数日後に帰ってくるだろう婚約者のことを頭に思い浮かべながら、そっと瞳を閉じた。


鳥の囀《さえず》りと、レース調のカーテンの隙間から差し込む朝日に、サラは薄っすらと目を開ける。

それほどまだ暑くないことから察するに、起きるには早い時間なのだろう。

（ふぁ～……ねむ、たい）

昨日は考え事をしていたせいで寝付くのが遅かったサラは、目をとろんとさせたまま上半身を起こした。

二度寝をしたら気持ちが良いだろうが、そうしたら今度は寝坊をする未来しか見えない。両頬を軽く掌でぱちんと刺激し、サラはスリッパを履くと起き上がる。

最近で言うとサラは仕事をこなして朝まで熟睡ということが多かったので、セミナに起こされて朝の支度をするという流れが多かった。

寝起きの渇いている喉に適温の紅茶を流し入れ、髪をとかしてもらったりドレスを着せてもらったりと、大分慣れたものだ。公爵家に来た当時は朝の支度はいつも自分で行ってしまい、よくセミナに「私に仕事をください」とぼやかれたのを思い出す。

（ふふ、セミナ……久しぶりにぼやくかしら。……けれどせっかく早く起きたし、朝の鍛錬をしているカリクス様を見に……って、私の馬鹿……！　今はマグダットに行っているのよね……）

有意義な朝のはずが、ズシンと沈む気持ちにサラはハッとして口元を手で覆う。

今日はカリクスに会えないのだと分かっていたはずなのに、改めて実感すると感情を制御しきれない自分に驚くばかりだ。

サラは口元にやっていた手を胸に置く。トクトクと脈打つ速い鼓動に切なさが募った。

「無事に……帰ってきてください……」

◆◆◆

アーデナー領地からマグダット領地までの道のりは割と短い。王都を抜け、内地へと馬車で向かって約二時間で着く。

昨日の夜マグダット領に到着したカリクスは、急ぎとはいえ怪我人に対して夜分に出向いては迷惑だろう、とヴァッシュを含めた四人で適当に宿を取ったのだった。

朝日が昇ると直ぐに支度を始めたのは執事のヴァッシュだ。カリクスの分はもちろん、マグダット家と主にやり取りを行っている家臣二人の分も慣れた手付きでこなしていく。

カリクスは南側にある小窓から外を覗き、大通りの様子を確認すると、ヴァッシュたちに視線を寄越す。

「街も賑やかになってきた。そろそろ行くぞ」

「かしこまりました」

マグダット子爵邸は大通りを南に進んだ森の入口の手前にある。

手紙とともに送られてきた地図を頼りに辿り着くと、カリクスは門番へと声をかけ、屋敷へと足を踏み入れた。

「お越しいただきありがとうございます。お待ちしておりましたアーデナー公爵閣下。私はこの屋敷の管理を任せられております執事のグルーヴと申します」

「カリクスだ。世話になる。……それで、マグダットは」

ぐるりと簡素な屋敷を見渡せば、グルーヴ以外の使用人の姿がない。マグダットが人と関わることが苦手で周りに使用人を置かないからである。コックさえ雇っていない。

グルーヴがすべての雑務を担っているので有り難いと、以前手紙に書いてあったことを思い出し、カリクスはこの静かな屋敷に違和感を覚えることはなかった。

「既に応接間でお待ちになっております。こちらです」

屋敷の入口付近にある部屋へと通され、グルーヴの後に続いて足を踏み入れると、そこにはソファーに座っているマグダットの姿がある。

左手は包帯でぐるぐると巻かれていて、添え木で固定されている。たしかにこれでは長時間の馬車移動は身体に響くはずだ。

「や、やぁ！　アーデナー！　元気だったかい⁉　実際会うのは二回目だね！　嬉しいな！　わざ

わざ来てもらってごめんよ……いたたっ!! 見ての通り左腕が……いいい!!」

「痛いなら押すな。あと座れ。それといつからそんなに明るくなった? ——襲われた恐怖でおかしくなったか」

カリクスの言葉に、マグダットはぴたりと硬直した。


マグダットと初めて出会ったのは、二年ほど前、カリクスが自領を視察していたときだ。

その日は主に薬草や野菜の仕入れと、売上の状況を確認しに行ったのだが。

——こっ、この野菜の出来は素晴らしい……。こっちのも負けてない……ブツブツ……こっちの薬草なんてなかなか出回らないのに凄い……ブツブツ……凄いぞ……。

通り過ぎる人が引くほどにぶつぶつと独り言を話す男——マグダットを見つけ、店の迷惑になるのではとカリクスが「済まないが……」と声をかけると、マグダットは腰を抜かして地面へとへたり込んだ。

ああ、どうせこの火傷痕を怖いだとか、気持ち悪いだとか思っているのだろうと思っていたカリクスだったが、マグダットの発言に目を見開くことになる。

——イケメン……凄い美形だ……どうしてこんな僕なんかに……あ、僕が邪魔だったのか……? それともこの人も植物に興味が……だったら話を聞いてみても……いやいや……僕話すの苦手だし……人も苦手だし……。

おそらく口に出していることには気づいていないのだろう。

普通ならば火傷痕に目がいくはずだというのに、おかしなやつ、だとは思いながらも悪い人間ではないと分かったカリクス。

その日は目星のつけた店を見終わっていたので、気まぐれで植物が好きなのか？　と問いかけてみる。するとあれよあれよとマグダットは植物に対しての愛を語りだし、実は子爵だということまで明かしてくれた。今日は遠出してアーデナー領地で販売、及び栽培されている植物を見に来たのだとか。出会ったことのないタイプのマグダットに、興味を持ったカリクスも身分を明かしたことで、交流を持つことになったのだった。

余談だがその日、植物を大量に購入したマグダットの持ち合わせが少なかったので、カリクスが代わりに払ったとか。

あれからしばらく、特にカリクスは多忙だったので手紙のやり取りしかしていないが、お互いにそれなりのことは知っている。

カリクスに婚約者ができたことも、マグダットの『植物博士《しょくぶつはかせ》』という異名が貴族たちに広まりつつあることも。

マグダットは襲撃の件を思い出すと、嗚咽を漏らしながら目尻に涙を浮かべた。

「うっ、うっ、怖かったよぉ……何で僕なんかを襲うんだよぉ……酷いよぉ」

「普段通りに戻ったな。見舞いの品としてアーデナー領地で採れた植物を大量に持ってきたから元気を出せ」

「!?　それは本当かい……!?」

涙は一瞬にして引っ込み、玩具を前にした子供のように目をキラキラさせるマグダット。

カリクス曰く『植物博士《しょくぶつバカ》』には植物の現物支給が一番らしい。

「ああ。で、怪我は？」

「全治一ヶ月、その間は畑やプランターを弄るなと言われたんだ……ぶつぶつ……そんなの……ぶつぶつ……」

「それは置いておいて仕事のほうは良いのか。お前一応領主だろう、領地のことは？　それに子爵としてアーデナー家以外にも色々繋がりがあるだろ。滞ったら不味いことがあるんじゃないのか」

「それは……」と言い淀むマグダットに、カリクスは呆れたように溜め息をつく。この男は本当に植物以外のことは割とどうでも良いのである。

とはいえマグダットという男は何も植物が好きというだけで『植物博士』なんて呼ばれているわけではない。

それぞれにあった栽培方法の模索、新たな植物の品種改良など手広く研究し、結果を残しているのだ。

今やマグダット家と懇意になりたい貴族の殆どは、この植物の将来性、つまりはマグダットの頭脳をかっていると言っても良い。

研究熱心なことは素晴らしいのだが、領民に負担をかけるわけにはいかない。カリクスはこの事態を放ってはおけなかった。

「ダイス、カミラ」

「「はい」」

カリクスが連れてきた家臣たちの名を呼ぶと、ソファーの後ろに待機していた二人は一歩前に出る。

「マグダット。彼らは私の家臣でありマグダット領地を担当していた文官だ。本人たちは納得しているから、怪我が治るまで仕事は任せたら良い」

「ありがとうアーデナー……っ、流石持つべきは優秀な友だ。一つ借りが出来たね」

「——お前は元からこのつもりだったろ」

ヴァッシュが口頭で読んだマグダットからの手紙の助けての意味をいち早く見抜いたカリクスは、良くもぬけぬけと……と思いながら腕を組み直す。それでも直ぐに様子を見に来るぐらいには、カリクスにとってマグダットは大切な友人だった。

「まあ、それは良い。——それで」

マグダットの痛々しい左手を凝視しながら、カリクスは低い声で尋ねた。

「その怪我、誰にやられた」

「…………これは、多分なんだけど……」

怪我をしていない方の手でマグダットは自身の癖のある髪の毛をぐしゃぐしゃと掻き乱す。

ゴキュ、とマグダットが息を呑む音が応接間に響いた。

「ファンデッド伯爵家に雇われたゴロツキ」

「――!?」

カリクスはあいた口が塞がらない。何故ここでファンデッド伯爵家――サラの実家の名前が出てくるのか。

「どういう、ことだ。私の婚約者の実家がお前に危害を加えたって」

普段あまり焦りを見せないカリクスの動揺する姿に、マグダットは言いづらそうに俯いた。

「実は……四日前に屋敷の外にある植物園で研究をしていたとき、急に何者かに襲われたんだ。身なりは平民そのものだった。何か鈍器で殴られそうになったから抵抗したら左手がこんなことに……。それで痛みで倒れたら頭を打ってね、意識が朦朧《もうろう》としたとき、その男が言ったんだ。これでファンデッド家から金がもらえる、って。……それで、目が覚めたら植物の研究データが盗まれてることに気づいて……僕の、今までの努力の成果が……」

マグダットの植物の研究データには価値がある。キシュタリアで売買するのは危険だが、他国に売り付ければリスクなく一生遊んで暮らしてもお釣りがくるくらいには、それは貴重だった。

つい最近カリクスに援助金を切られたファンデッド家は、無い頭で考えたのだろう。どうやって無いお金を作り出すのか。

そして思い付いたのがファンデッド領地の隣にあるマグダット領地――その領主である彼の研究データだったのだろう。

辻褄は合う。むしろ、こうとしか考えられない。

まさかあの義家族《ろくでなしども》が犯罪にまで手を染めるとは予想していなかったカリクスは天を仰ぐ。流石に直ぐには認めたくなかった。

カリクスはゆっくりとした動きで顔を正面へと向き直し、そのまま頭を垂れた。

「済まない……マグダット」

「なっ、何故君が謝るんだアーデナー……！　君は何も悪くないじゃないか!!」

「私はサラの婚約者だ。そして君を傷つけ、データを盗むよう指示したのは彼女の家族だ。――私の家族と言っても差し支えない」

「それは……そうかも、しれないけど……けど、君が謝るのは話が違う……！　僕はそんなことのために君を呼んだんじゃない……っ」

「マグダット……」

マグダットの言葉に、カリクスはもう一度頭を下げてから向き合った。

瞳に光が戻った友人に、マグダットは安堵する。ふぅ、と息を吐いた。

「僕はね……返してほしいだけなんだ。……大切なものだから。何も刑罰なんて求めてないんだよ……それこそ、アーデナーの大事な婚約者の家族だ」

いくらこの事件にサラが関係していなかったとしても、この犯罪行為が公になり罰が下れば、サラにも被害が及ぶだろう。

家族が犯罪者と知られれば、貴族社会においてのサラの立ち位置は絶望的なものとなる。

せっかく前を向き始めた愛しい婚約者を、カリクスはどうしても守りたかった。

「マグダット、本当にデータが戻ればそれで良いんだな？」

「ん？　う、うん」

「…………感謝する」

「アーデナー……？　何を考えてる？」

再三だがマグダットがカリクスに直接会ったのはこれが二回目だ。僅かな癖や声色で意図を読むことなんて出来ない。

だというのに。今のカリクスの表情ときたら。

「私が直接行って返すよう話してくる」

「!?　犯罪に手を染めるような人間が……頼まれて返すなんて……こと……………」

「あり得ない」マグダットはそう言葉を続ける気だったのに、喉まででかかった言葉が声になることはない。

カリクスが、恥ずかしそうに顔をゆがめて笑っていたから。

「大丈夫だ。――――私はサラのためなら何だって出来る」

ゴクン、とマグダットは渇いた喉を潤すように唾を呑み込む。喉仏がぐわりと動くのが分かる。目の前の男に、こんな顔をさせるサラとはどんな女性なのだろうかと、マグダットは初めて自分から誰かに会ってみたいと思った。

◆◆◆

同時刻、ファンデッド伯爵家では。

「ねぇお父様？」

怠惰な生活を送るサラの父親の朝は遅い。

ミナリーがひょっこりと扉から顔を出して声をかけたとき、男はまだ朝食をとっていた。

ペチャクチャと音を立てながら優雅さの欠片もない食べ方に、本日の給仕担当のカツィルは、後ろで控えながら手をワナワナと震わせる。

「どうしたんだいミナリー」

「あのねぇ？　お姉様は呼び出しても来なかったけれど、アレは手に入ったじゃない？　早く高値で売ってお金にしてほしいなぁって！　ミナリー今度は赤いドレスが欲しいの！　この前のお茶会でお姉様が着てたのより可愛いの！　ね？　良いでしょう？」

着席している男の後ろに回り込み、抱きつくようにそういうミナリー。

甘えてくる姿に何でも買ってやりたくなるが、男はぐっと堪える。

「まあまあ少し待ちなさい。バレないルートで他国に売りつけるには多少時間がかかるんだよ」

「え～～もう！　早くしてよねお父様！」

実際は多額のお金が入っても、領地の赤字返済と今後の領地運営に優先的に回さなければいけないのだが。妻とミナリーは領地経営が赤字になっていることを知らないので、完全に浮かれるばかりだ。

喜ぶ二人の顔は見たいと思ったが、男は破産して爵位を失うことだけは避けたかった。

ぷく、と頬を膨らませたミナリーだったが、一応納得はしたようでさっそうと部屋を出ていく。

ドタドタと足音を立て、バタンと雑に扉を閉めるミナリーに、カツィルは呆れ顔だ。

（どうしてあんな女が可愛がられてサラお嬢様が……公爵様には一応丁重な扱いを受けていると同僚から聞いたけれど、本当かしら……。それとアレって一体……）

バレないルート、他国、アレという言い回し。なにか良くないものなのだろう、それは容易に想像がつく。

しかしそれが何なのかは、カツィルには一切分からなかった。

それからカツィルは執務室で仕事もせず、見苦しいほどに膨らんだ腹を摩りながらソファーで横になる当主をちらりと見る。

カツィルは今日、雇用主《ゲス》たち《ども》と関わらずに済む掃除が担当だったのだが、そんな日に限って同僚が風邪を引いて男の担当になってしまったことに、ため息を吐きたくなった。

「おいそこの」

「……！　は、はい。何でございましょう」

足をピンと伸ばして目だけをこちらに向ける男に、足で指すな、と思いながらもカツィルは職務をまっとうする。

「私のテーブルの上に書類の束があるだろう。取れ」

「……かしこまりました」

そうやって動かないからブクブク太るんでしょうが！　と言ってやりたかったが、カツィルはそんな自分を諌《いさ》める。

言われた通りの書類を手に取れば、表紙に書いてある名前に違和感を持った。

(プラン・マグダットって……これがどうして……)

「おい！　早くせんか！」

「……！　はい、直ぐに」

カツィルは幼い頃、マグダット領地の人間だった。

商人だった父の影響でファンデッド領地に移り住んだのはかなり昔のことだ。

記憶の片隅にあるマグダット領は暮らすには不自由はなかったが、閉鎖的な領地だった。

当時の領主が研究好きで屋敷に籠もっていて、外交をあまり行っていなかったからである。

その息子プラン・マグダットも蛙の子は蛙のようで、研究熱心だという噂はよく耳にする。

前当主と少し違うのは研究で成果を残していることくらいだろう、と同僚同士が話していたのをカツィルは思い出した。

カツィルはソファーに寝転ぶ男に頼まれた書類を手渡す。

感謝の言葉一つもなく奪われるようにして、それは男の手元に渡ったのであった。

「これがあれば……私はまだまだやれるぞ。金さえあれば私の手腕で立て直すことは造作無い」

(これって今渡した資料よね……じゃあアレってもしかして……他国に売りつけるって……)

カツィルはハッとして自身の口を手で覆う。大事そうに頑丈そうな鍵を胸ポケットにしまう男を凝視しながら。

カリクス、いざ義家族の元へ

「旦那様、本当に一人で行かれるのですか？」

「そうだと言っている。ヴァッシュ、お前は私に何回同じことを言わせるつもりだ」

急いては事を仕損じる。カリクスはこの言葉が割と好きだ。物事を有利に進めたいときは対策を練るに限る。

いくらサラのためになんでもすると言っても、もしアーデナー領地や、その権限を寄越せと言われたら首を縦には振れない。あんな義家族《バカども》に領民を任せることは出来ないからだ。

私財を渡して事が丸く済むのならば良いとも考えたが、それだとファンデッド伯爵家がまた散財してサラに何かを要求したり、金が尽きればサラを家で囲おうとしたりする可能性がある。根本的な解決にはならない。

カリクスはデータを取り返すことしかり、今後一切サラに関わらないような確約を取り付けたかった。

「しかし相手はゴロツキを雇って襲わせるような……、お一人では何をされるか分かりませんぞ」

「私はこの国で一番強いと自負している。──で、他に何かあるか」

「……いえ。出過ぎた真似を申しました」

けれどヴァッシュが言うことは一理あり、カリクスは常識の範囲内で様々な対応を考えるが、全てしっくりこないでいた。

（あの義家族のことだ、常識なんて持ち合わせていないだろう）

カリクスは緩んだ襟元を整えると、おどおどした様子のマグダットを見る。

「マグダット、少し良いか」


腹が減っては軍はできぬ。

その言葉通り昼食をとってからカリクスを送り出すため、一同は屋敷のエントランスに集まっている。

カリクスは怪我人は休んでいろと事前に伝えたのだが、友人の出陣《しゅっぱつ》にマグダットは休んでなんていられなかった。

カリクスに呼ばれたマグダットは数歩、彼に近づく。

「な、なんだい……？」

「お前将来結婚の予定はあるか」

「な！　何さ急に……っ」

「良いから答えろ」

「な、無いよ……！　あるわけ無いだろ!!　僕の恋人は植物だけさ……！」

一体このタイミングで何故この質問を？　とマグダットは理解できない。

しかしカリクスはそんなマグダットに立て続けに問い掛けてくる。

「ならお前が将来跡取りに養子を取る可能性は」

「それもないよ……！　マグダットの平民には優秀な人が多いんだ！　領主の仕事は任せて僕は引退するさ！　本当は今すぐでも引退したいんだ！」

「お前らしい。……よく分かった。ああ、あと最後に」

「ま、まだあるのかい……？」

今から修羅場に向かうというのに、どうしてこの男はこうも関係のないことを言ってくるのだろう。

マグダットはカリクスの質問の意図が一向に読めない。

「──私たちが初めて出会った日、お前の代わりに私が代金を支払ったことを覚えているか」

「え？　う、うん……あのときはありがとう」

「それと今日私が来てお前の仕事の手伝いの段取りをしたこと、借りができたと言ったよな」

「？　それは……もちろん」

（午前中に話したばかりなのに、もう忘れてしまったのだろうか。意外と忘れっぽいのか？　ぶつぶつ……いやでも、昔の立替は覚えていたし……。ぶつぶつ……ってあれ？　僕あのときのお金返したんだっけ？）

マグダットは疑問に疑問を重ねるが一つも解決しない。

仮説と実験を繰り返す研究に身を置くものとしては気持ち悪いことこの上ないのだが、口には出さなかった。本能的にカリクスから答えが返ってこない気がしたからだ。

カリクスの口角がニッと上がったことに、マグダットは気づくと背筋がぶるりと粟立つ。

まさに『悪人公爵』の評判通りの表情だったからだ。

「つまりマグダット、お前は私に借りが二つあるということだ」

「そ、そうなるね……？　だ、大丈夫さ！　借りはいつか返すから……！」

「その言葉――よく覚えておけ」

ふ、とカリクスは小さく笑って身体を反転させると「では行ってくる」と言って一瞥をくれて出ていく。

マグダットが急ぎ用意した馬に乗って、カリクスは一人で敵地へと向かったのだった。


馬を走らせて三十分程度、馬車の半分の時間で目的地に辿り着いたカリクスは、屋敷近くの馬小屋にマグダットから借りた馬を預ける。

初めて訪れた婚約者の実家――ファンデッド伯爵邸《ろくでなしのすみか》の二人の門番の片方に声をかけると、顔に大きな火傷痕があるカリクスに驚いたのか、ヒィ……！　と悲鳴を上げる。慣れたものだとカリクスは顔色一つ変えないのだが。

「カリクス・アーデナー――サラの婚約者が話があると伝えてくれるか。済まないが急ぎのため約束は取り付けていない」

「わっ、分かりました……！　おい！　俺が行くからお前はここで待機してろ！」

おそらくカリクスの火傷痕が恐ろしかったのだろう。声を掛けられた門番が脱兎の如く逃げるようにして屋敷の中に入っていき、もうひとりにカリクスのことを任せていく。

義家族たちはどうあれ、別に門番たちには何の不満もないカリクスは、相手に余計な恐怖を与えないために少し離れたところで連絡を待った。

「カリクス・アーデナー公爵閣下！　旦那さまから許可が下りましたのでどうぞお入りください！」

許可が下りたことでギギ……と不快な音を鳴らしながら門が開く。

数メートル先にある入り口へ向かうと、ドアノブに触れる前に扉は開いた。

「カリクス様ようこそ伯爵邸へ……！　もしかしてミナリーに会いに来てくださったんですかぁ？」

鼻を塞ぎたくなるほど甘ったるい香水の匂いに、耳を塞ぎたくなるほどの猫なで声。許可をしていないのにカリクス様と名前で呼ばれ、婚約者でもないのにぎゅっと腕にしがみつかれた。

カリクスは言いたいことが有りすぎて頭がパンクしそうだったが、まずは痛くない程度にミナリーの手を掴んで腕から引き離す。

無礼者、と怒っても許される場面だろうが、カリクスは冷静な態度のままミナリーに視線を寄せる。

「突然の訪問失礼する。――ミナリー嬢、君の両親に話があるんだが」

「えー？　ミナリーに会いに来たんじゃないんですかぁ？　残念！　けど分かりましたわ？　ミナリーがご案内しますから付いてきてくださいね？」

本来ならば使用人に案内してもらうところだが、急な来訪によりエントランスには使用人たちの姿はなかった。

「…………ああ、よろしくたの――!?」

「うふふっ、隙ありですわっ！」

――ギュッ!!

物凄い力で再び腕に抱きつかれ、カリクスは怒りよりも嫌悪感で頭がおかしくなりそうなのを必死に耐える。

もはや振り解いてもまた抱き着かれている未来しか見えない。叱責して泣かれでもしたらこの後の話し合いがスムーズにいかなくなるだろうし、何より鬱陶しい。

(我慢だ我慢……サラのことを考えよう)

この腕に絡みついてくる女がサラだったなら、どれだけ心躍るだろうか。

恥ずかしそうに顔を真っ赤にして、弱々しい力でしか腕を絡ませないのだろう。顔を見るのは恥ずかしいと俯いて、つむじさえも愛おしいと思うのだろう。

(サラ……さっさと終わらせて君の元へ帰るよ)

脳内をサラで満たしたことで、カリクスは気持ちを落ち着かせる。

もちろん完全に隣のミナリーへの嫌悪感が消えたわけではないが、幾分かマシだった。

愛しの婚約者に思いを馳せればこの苦行もあっという間というもので、とある部屋の前につくとミナリーに続いてカリクスは足を止めた。

「こちらですわ〜。どうぞ!」

「………失礼する」

通されたのは、ローテーブルを挟んで三人がけのソファーが二つ置いてある応接間。

上座のソファーの真ん中にどっしりと座るのはかなり肉付きの良い男。初対面ではあったが、なんとなく目元にはサラの面影があることから、父親だということをカリクスは即座に理解する。

「急な訪問、受け入れてくれたこと感謝する」

「いやいや、それはもちろんですよ。娘の婚約者のアーデナー公爵閣下ですからな」

「夫人は？」

「今、茶を入れに行っております」

「……使用人にさせないのか」

「以前公爵閣下に怪我をさせたお詫びをしたいと、とびきりのお茶を準備すると言っておりました。ま、そんな話は置いておいて、ささ、どうぞ」

ようやくミナリーが離れて男の隣に座ったので、カリクスは言われたように向かい側のソファーに腰を下ろす。

（あの女が詫び？　今更？）

疑念は持つが口にも表情にも出さない。

目の前にいる男は気持ち悪いくらいにニヤニヤと笑っていて不快だが、ペースを持っていかれないためにもカリクスは平常心を装わなければならなかった。

「入りますわ」

そんな中、現れたのはサラの母親だった。手にはティートレーを持ち、僅かに湯気が立っているそれは、どうやら既に中身が入っているらしい。

女のティートレーを持つ右手の小指側が黒く擦れていることにカリクスは気付いたが、さほど気にすることではないかと指摘することはなかった。

「ようこそおいでくださいました公爵閣下。お怪我のこと、お詫びが遅れてしまって申し訳ありません～」

女は見るからに反省していない様子で軽く頭を下げると、テーブルにティートレーを置く。

だいたいこういう場合はメイドがワゴンの上にお湯と茶葉とティーカップを載せ、客人の前でお茶を入れることが多いのだが――カリクスはそう思いながらも、沈黙を貫く。

パタン、と後をついてきていたらしい使用人が扉を閉めると、女がそれぞれの前にお茶を置いていく。

ガチャガチャとうるさい音を立てるので、普段から人をもてなすということをしていないのは火を見るよりも明らかだった。

配り終わった女はミナリーとは反対側の男の隣に座り、カリクスを見て男と同様に気持ち悪いほどにニヤニヤと笑みを浮かべる。つられるようにしてミナリーも口角を上げ、カリクスは何を思ったのか、ふ、と微笑を見せた。

「さてと、先ずは冷める前にお前の入れてくれたお茶をいただこうかな。さあ、公爵閣下も遠慮せずに」

「ああ、折角だからいただこう」

カリクスが優雅な手付きでティーカップを持ち、ゴクリと喉が音を鳴らす。

それを確認した三人は頬が引き攣りそうなほどに口角を上げ、歯を見せる。


その約二十秒後だった。

カリクスはテーブルに伏せるようにバタンと倒れたのだった。

サラ、思いを胸に立ち上がる

ふぁ……と欠伸が漏れたことで時間を確認すると、午後三時になっていた。

昼食をとった直後から仕事に精を出していたサラは、切りの良いところで休憩をしようと席を立つ。

家臣たちから「働きすぎです！」「仕事の鬼二号になりますよ！」なんて言われたので、皆はまだ仕事をしているのに……と後ろ髪を引かれることはなかった。

執務室から一旦自室に戻ってお茶でも飲もうと思っていると、ノックの音がサラの耳に入る。

「サラ様、失礼いたします」

「セミナ！　良いところに、もし手が空いていたら――」

「その、申し訳、ありません。急ぎ報告を、しなければいけないことがあるの、ですが……」

歯切れの悪いセミナの声。表情が読めないサラはその時、何かあったのかしら……？　くらいにしか思っていなかったのだが。

次の瞬間、セミナの口から発せられる言葉に、サラは視界がぐわりと歪むような感覚を覚えた。

「今、早馬でサラ様のご実家から手紙が届きました。ヴァッシュから、サラ様のご家族からの贈り物は全て事前に確認するよう指示を受けておりましたので、中を確認しましたら――アーデナー公爵は預かった、と。助けたくば、サラが一人で屋敷に来なさい、と」

「…………⁉」

サラは直ちにソファーから立ち上がると、入口付近のセミナの元へと小走りで向かう。

セミナの左手にある手紙を譲り受け、食い入るようにそれを見つめた。

（これは……お母様の字だわ……！）

どう考えても敬意を払う相手には送れないような崩れた字に、教養の低さが滲み出ている。

セミナは脳内で補完して読んだようだが、文字が足りていない部分まであった。

何より手紙の所々にインクが付着しており、書いているときに文字を掠ってしまったことが窺《うかが》える。

これは普段文字を書かない人間か、文字を練習し始めた子供によくある現象だ。貴族の淑女ならば有りえないことである。

「セミナはこれを届けに来た人の姿は見た……？」

「いえ。門番に押し付けるようにして直ぐに帰っていったそうです」

「そう、なのね……。けれどどうしてカリクス様が……マグダット領に行ったはずなのに……」

届けに来た人が居るのならば詳細を問い質そうと思っていたサラは肩を落とす。

頼みのヴァッシュもカリクスについて行って不在の状態で、サラはお手上げだった。

（けれどお母様の字なのは間違いないもの……私を誘き出すための嘘って可能性は高いけれど……）

以前一度帰還するよう手紙が来たことを思い出し、今回はカリクスの名前を出せばと考えたのか。

その可能性は極めて高いのに、もしも本当にカリクスの身がファンデッド家にあったらと思うと、サラは不安に駆られた。

実際のところ、あのカリクスが家族にどうこうされる未来が、サラにはあまり想像出来なかった。

頭も切れて腕っぷしも強く、冷静さも兼ね備えている。向かうところ敵なしのように思えた。

とはいえカリクスだって人間である。もしも油断しているときに襲われたら、薬や毒を盛られたら、そんな可能性だってないわけではない。

家族の異常さを、サラは誰よりも理解していた。

サラはきゅっと唇を噛み締めて、それから覚悟を決めたように口を開いた。

「セミナ、今から屋敷の皆を一箇所に集めてほしいの」

「……。かしこまりました」

「……何も聞かないの…………？」

「これでもサラ様のことは、カリクス様の次に理解していると自負しておりますので」

「……もうっ、セミナありがとう……っ」

それからセミナは、瞬く間に使用人や家臣たちを、緊急招集と言ってエントランスに集めてくれた。

その場はざわざわと落ち着きがなく、何事かと慌てる者がほとんどだ。

そんな中でサラは不安を抱えながら皆の前に現れると、サッとセミナが用意してくれた高さ約三十センチの台に上り、ゆっくりと全員を見渡す。

顔が見分けられないので、誰がどこにいるのかも分からない。一体どんな表情をしているのかも分からない。言葉が飛び交う中では、声だけで判別することも難しい。

幾度となく、サラはこの症状を恨んだことだろう。

（怖い……怖い…………っ）

何となく大量の視線は感じるのに、それがどんなものなのかが分からなくて、サラは背中にじっとりと汗をかいて、息が浅くなる。

「あ…………あの、…………えっと」

伝えたいことはちゃんとあるのに、言葉が上手く出てこない。声は震え、サラは少しずつ俯く。


――しかし、それが起こったのは、サラが完全に俯く寸前のことだった。

「サラ様ー!! 庭師のトムだ！　ゆっくりでええからなー！　ちゃんと皆待つからのー！」

「っ、トムさん……っ」

「シェフのマイクですー！　大丈夫ですから顔上げてください！　皆、サラ様の話ちゃんと聞きますからねー！」

「マイクさん、まで……」

二人が声を上げてから、それは波紋のように広がっていく。

「サラ様ー！　頑張ってー！」「サラ様ー！　落ち着いてー！」そんな声がエントランス全体に広がり、サラは自然と顔を上げた。

こちらを見る目が温かいことくらい、顔が見えなくたって分かる。

「サラ様、皆サラ様のことが大好きなんですよ。ですから大丈夫です。ありのまま、思ったことを話したら良いんです」

横で控えるセミナにそう言われたら、サラはもう怖いものなんてこの世には無いんじゃないかとさえ思えた。

公爵邸に来てから、おそらくカリクスよりも長い時間を共に過ごしたセミナは、こういう場面で必ず欲しい言葉をくれる。

サラはコクリと頷いて、今度は堂々とした姿で再び前を見据えた。――もう声は震えなかった。

「先程、私の実家、ファンデッド伯爵家からカリクス様を預かったという脅迫文が届きました。――助けたければ私に一人で、来るようにとも。…………恥ずかしい話ですが、家族は私のことを一切愛しておらず、自分たちの利益のためならば手段を選びません。あのカリクス様とはいえ、万が一の可能性も、無くはないのです」

思いもしなかったサラの発言に、一同は言葉を失う。

カリクスの件についてはもちろんだが、使用人や家臣たちの前では極めて明るい態度をサラはとっていたので、まさか家族と確執があるだなんて夢にも思わなかったのだ。

「この屋敷に来て、私は人に大切にされることを知りました。自分の顔を見分けられないという症状を、受け入れてもらえました。カリクス様が居ない今、将来カリクス様の隣に胸を張って立つために私はここに残り――屋敷を守ることが、最善なのだろうと思います。事実私は、カリクス様を送り出すときにお任せくださいと言いましたから」

サラはぐっと、拳に力が入る。

どうか上手くこの思いを言葉に出来ないか、とそう思ったとき、頭に浮かんできたのはカリクスがマグダットに旅立った日の夜のこと。

あのときサラは込み上げてくる感情を押し込めた。そんなはずはないと否定した。

叶わないと分かっているのに口に出してしまえば、苦しいだけだと知っていたからだ。

サラはがばりと腰を折って頭を下げる。さらりと、髪の毛が揺れた。

「どうか、お願いします……！　手紙に書いてあることは全て嘘という可能性は高い、けど……それでも万が一の可能性があるなら、私はカリクス様を助けに行きたいのです……っ！　こんなちっぽけな私にできることなんて限られているけれど……それでも、それでも私はあの方が、カリクス様のことが――――」

◆◆◆

それから直ぐに、馬車に乗ってサラは屋敷を後にした。

使用人たちがサラの背中を押すことは予想済みだったので、セミナが事前に準備をしておいたのだった。

「さて、皆さん」

エントランスに集まったままの使用人たちを見ながら、パンパンとセミナが手を叩く。

サラの気持ちの籠もった言葉に、一同は余韻に浸るようにぼんやりとしていたからだ。

「旦那様もサラ様もきっと無事戻られます。それはもう見ている方が恥ずかしくなるくらい、仲睦まじい姿をまた直ぐに見せてくださいます。そうなったら我々も胸焼けして仕事にならないかもしれませんね。つまり、さっさと働きますよ、ということです」

「ガハハ!! 違いねぇ!!」

庭師のトムが大きく笑って見せる。それにつられて一同も「確かに確かに〜」「今のうちに仕事するぞ!」なんて言葉を漏らしながら、ぞろぞろと持ち場へと戻って行った。

そんな一同の背中を見つめながら、残っているのは自分だけよねと確認したセミナは、サラが乗っていた台を片付けようと持ち上げる。

元の場所に直そうとゆっくり歩き始めて廊下に差し掛かると、サラの最後の言葉を思い出してはたと足を止めた。

「——大好きだから、なんて、こんな大勢の前で言うなんて……サラ様は変なところで大胆なんだから。……ふふ、直接聞けなかったと知ったら旦那様、さぞ悔しがるのでしょうね」

二人の姿を想像して、セミナはポーカーフェースを崩すと穏やかな笑みを浮かべる。

キッチンから漂ってくる苺の香りに、しばらくは苺のジャムが朝食で出るのかな、なんて。

——ああ、なんて甘酸っぱい。

サラ、カリクス救出大作戦へ

見慣れた屋敷の前に着く頃には、もう日が落ちかけていた。

太陽が沈みかけ、月が現れる瞬間はなんて神秘的なのだろう。サラは馬車から降りて空を見上げながら、そんなことを思う。

「ここまで送ってきてくれてありがとう。もう遅いから今日は近くの宿で泊まっていって？　これ、少ないけれど……」

急に駆り出された公爵家の馭者に、サラは自身の小遣いから宿に泊まるには十分なお金を支払う。とんぼ返りは体がつらいだろうし、夜も更けてくると危険も伴う。急ぎだったので疲労も溜まっているだろう。それなりに良い宿で体を休めてほしかった。

「サラ様、私はここでお待ちしていますよ？」

「ううん、大丈夫よ。近くの宿までなら歩いて行けるから、カリクス様がいるなら二人で、居なかったら私一人で宿に向かうわね。そうしたら明日の朝また送ってちょうだいね」

「かしこまりました」

瞬く間に遠くなっていく馭者を見つめ、姿が見えなくなるとサラは振り返って門番に声をかけた。

——当時門番たちの間で噂になっていた、家族に嫌われ、みすぼらしい格好をしていた惨めな姉の面影はない。

サラの堂々とした佇まい、清楚な水色のドレス、白くてハリのある肌と艶やかな髪、これ程美しかったのかと惚れ惚れする美貌に、門番たちはあいた口が塞がらなかった。

「言われたとおりに一人で来たわ。開けてくれる？」

「はっ、はいいぃ……!!」

◆◆◆

久々に実家に足を踏み入れると、出迎えは一人も来なかった。

（おかしいわ……いくらなんでも閑散としすぎてる）

それなりの数の使用人を雇っている伯爵邸のエントランスはガランとしている。そろそろ夕食どきなので準備が忙しいのかともサラは考えたが、それにしたって物音一つ聞こえなかった。

（カツィル……カツィルはどこかしら。あの子ならばカリクス様がここに居るかどうか教えてくれるはず）

一人で正面から屋敷には来たものの、サラはカリクスがこの場にいないのならば家族に会うつもりはなかった。

否、正確には会いたくなかった。気分を害することは想像するに容易いからだ。

しかし誰もいないのでは確認のしようもなく、とりあえず夕食の準備をしているだろうキッチンへ向かおうとすると、カツンカツンと近付いてくる甲高いヒールの音にサラは足を止める。

「あら、もう来たのね。ノロマのくせに今日はえらく早いじゃない」

「……お母様」

聞き間違えるはずのない母親の声。階段の踊り場で足を止め、見下ろす女は、小馬鹿にしたように笑う。

サラは一切不要な反応は見せず、芯の通った瞳で女を見つめた。

「何よその生意気な目は……!!」

「カリクス様はどこです」

「っ、私はその生意気な目は何なのかって聞いてるのよ!!」

「——カリクス様は、どこです」

「……っ！　うるっさいわよ！　サラのくせにぃ！」

顔を真っ赤にして足をどんどんと地面に叩きつけるようにして憤慨する女に、サラはほとほと呆れてしまう。

（私は……どうしてこんな人たちの言いなりになっていたんだろう）

淑女のしの字もないその姿を、恥ずかしいと思わないのだろうか。サラは内心そんなことを考えていた。

「それで、本当にカリクス様はこの屋敷にいるのですか？」

「当たり前じゃない……!!」

「それなら会わせてください」

「……良いわよ？　付いてらっしゃい？」

思わずサラは「え……」と声が出る。きっときいきいと怒るか、焦るかの二択だと思っていたからだ。

だというのに女は簡単にサラの頼みを受け入れ、そうして二階へ歩き出していく。

サラもそれに続くように歩くと、そこはダイニングルームだった。

「ここにカリクス様がいるのですか……？」

「ふふ、さあ入りなさい」

ニッと女が口角を上げた含みのある笑みを浮かべたことを、サラは症状により気が付かなかった。

何を言われても絶対にこの家には帰らない。何を言われてもカリクスは屋敷に連れて戻る。

サラはその覚悟を持って、珍しく女が扉を開いてくれたのでその後に続くと。

「残念だったなぁ、この大馬鹿者が」

「っ……⁉」

――ドゴッ‼

部屋に一歩足を踏み入れた瞬間、サラは右に体が吹き飛んで倒れ込む。

ズキズキと痛む左頬は殴られたのだと気づくのに十分だった。

殴った男はドシドシ、と音を立ててサラに近付くと、しゃがみ込んで前髪を思い切り掴み上げる。

引っ張られる形で顔を上げたサラは、目の前の男の顔が見えないはずなのに、まるで悪魔のように思えた。

「本当にのこのこ一人でやってくるなんて馬鹿だなお前は‼」

「おとう、さま……っ」

「ミナリー、早く縄を渡しなさい」

「はぁい。ふふ、お姉様ったら可哀相に」

突如として父親から左頬を殴られ、倒れたところに前髪を掴み上げられ、両手を背中の後ろで束ねるようにして拘束される。

すると肩を押されてもう一度倒されると、そのまますぐに両足首を拘束され、自由が利かなくなった。

クスクスと笑うミナリーの声、苦労かけさせやがって、と愚痴る父親の声、うまくいきましたわね、と嬉しそうな母親の声がダイニングルームに響く。

これが幸せなホームドラマのワンシーンだったならば、どれだけ良かっただろう。

現実はこんなにも、サラに対して残酷だというのに。

「どうして……！　私は手紙に書いてあった通り一人で来ました……！」

「だからなんだ‼　口答えするな‼」

（っ、正気じゃないわ……！　ここまでするなんて……！）

サラは横になった状態で手足に力を入れるが、縄は全く外れる様子はない。

それでもなんとかしなければ、とジタバタと身体を動かしてみるのだが、その姿が余程無様だったのか、ミナリーが鼻で笑った。

少し遠目で見ていた女が、カツンカツンとヒールの音を鳴らし近付いてくる。

サラは体が思うように動かないので、顔だけでそちらを見る。

バシン、と音を立てて、女は扇子を開いた。

「今日は前みたいに助けてくれる公爵様《王子様》は居ないわよ？　今は別のお部屋でぐっすり眠っているもの」

「眠る……？　っ、何か飲ませたのですか⁉」

「ええ。販売が禁止になったつよーい睡眠薬を紅茶に混ぜて飲ませたわ。ちっとも警戒せずに飲むんだもの、笑いを堪えるのが大変だったわ！」

「ふふふ、お母様ったら〜！」

サラはぞくりと全身が粟立つ。

女が言うそれは、つまり安全が担保されていない薬ということ。

そんなものをカリクスに飲ませ、あまつさえ愉快そうに喋る姿は異常という他ない。

「カリクス様に会わせてください……！　無事を確認させてください……！」

「良く眠ってるだけよぉ。母の言葉を信じられないのかしら？」

「信じられませんわ……こんな暴挙に出る貴方たちのことなんて、信じられれ――ッ!!」

――ドカッ!!

今度は女に腹部辺りを蹴られ、サラは一瞬呼吸が止まる。ヒールのせいで稲妻のような鋭い痛みが走る。

ふっ、ふっ、と小刻みに息をすることで精一杯になり、痛みで額には汗が滲んだ。

「生意気な子ね……！　本当に可愛くない!!」

「まあまあお母様落ち着いて？　ほら、大事な話があるでしょう？」

「ふっ、っ、……は、なし……？」

（ミナリーは一体何を……？）

痛みのせいで頭が回らず、サラは答えにたどり着くことが出来ないでいる。

そんなサラを横目に見てから、男はダイニングテーブルの上に置いてあった一枚の紙を手に取ると、再びサラの近くまで歩いてくる。

しゃがみ込んで、サラに見えるように、その紙を持つ手をぴしりと伸ばした。

「おい、これを見ろ」

「⁉　……何です……これ……っ！」

「ふははははっ‼　嬉しいだろう？　また家族と一緒に暮らせるんだ」

頬の傷にもお腹の痛みにも勝るほどに、心臓がドクドクと跳びはねて痛い。恐怖の色がその目の中に光っていて、世界が違う色に見えた。

サラは小さく、拒絶を示すように首を左右に振った。

「サラよ……この婚約解消を求める書類にお前の名前を書く。そうしてお前は一生――この屋敷で家族の為に働いて過ごすんだ」

「いやっ、……嫌です……！　カリクス様と婚約解消もこの家に戻るのも……絶対嫌ですわ……っ！」

「お前に拒否権などない。これは当主の私に一任されていることだ」

「そんな……っ」

ようやくカリクスへの気持ちを自覚したというのに。ようやく自分の居場所が出来たというのに。

こうもあっさりとそれは奪われてしまうのか。

サラは下唇をギュッと噛んでピクピクと震えていた。

ここで泣いてはいけない、泣いたって解決はしない。どうにか目の前の男の考えを変えなければいけないのだ。

自分自身を奮い立たせサラは落ち着きを取り戻すと、頭の中で男が、家族が望むものが何なのかを必死に手探りで探す。

「……領地経営が傾いているのは知っています……私の力が必要ならばお手伝いします……！　ですから――」

「お前ごときがどうこうなどと調子に乗るなよサラ!!　経営は……ほ、ほんの少しだけ！　今は少しだけ調子が悪いだけだ！　立て直す算段ならある！　お前のことなんて要らんが、仕方がないから家に戻してやるんだ！」

「ではどうしてなんですか!!　理由を教えてください……！」

どうやら男は、家族には経営が傾いているとは言っていないらしい。

サラは『算段』の詳細は気になったものの、今はそれどころではないと追及することはなかった。

だが、改めて考えても男の考えが読めなかった。

男はふんっと嘲笑うと「簡単なことだ」とぽつりと呟いて、視線をサラからミナリーへと移す。

同時に女も二歩ほど横に動くと、ミナリーの肩にそっと手を置いてぴたりと頬と頬をくっつけた。

男は先程までとは全く違う穏やかな目でミナリーを見つめると、サラを横目に口を開いた。

「そりゃあ勿論、ミナリーのためさ」

「ど、どういう……意味ですか……？」

「お前はそんなことも分からないの？　本当にどうしようもないクズね。ミナリー、優しくて可憐で聡明な貴方が教えてあげなさい？」

「はぁい、お母様」

コツ、コツ。軽やかな足取りで、ミナリーは倒れ込んでいるサラの傍まで歩いていく。

ぐいと腰を曲げ、サラの顔をじーっと見ると、それはもう花が咲くような満面の笑みで微笑んだ。

「ねぇお姉様、ミナリーにカリクス様をちょうだい？」

「――何を、言っているの……？」

蘇る、数ヶ月前の記憶。サラはそれを昨日のことのように、鮮明に覚えている。


――ねぇお姉様、ミナリーの代わりに嫁いでくれない？


「ミナリー……貴方、いくらなんでもそれは酷すぎるわ……っ」

『悪人公爵』の異名を持ったカリクスのことを、一度たりとも会うことなく、拒絶したミナリー。

その代わりに、そして家族のために自分を犠牲にして嫁いだサラ。

結果的にカリクスは噂とは全く異なる人物で、傍にいることでサラが心惹かれたのは事実だ。

けれど、それは相手がカリクスだったからだ。カリクスでなければ、身代わりになったサラはどんな酷い扱いを受けていたのか分からない。

ミナリーは、それを想像する頭を持っていないのか、それとも分かっていながら当たり前かのように言っているのか。

——いや、今はどちらでも良い。ミナリーの言葉に、サラは腹を立てているのだ。

「ぬいぐるみやアクセサリーとは違うのよ⁉　カリクス様は人間で……あげるあげないの話じゃないわ……！」

「どうしてそんなに怒っているの？　お姉様は昔から、ミナリーがお願いしたら何でもくれたじゃない」

「だからそれは——」

「一緒よ？　物も、人も。お姉様は優しいから、なーんでもミナリーにくれるでしょう？　お姉様のものはね、全部ミナリーのものになるの。そう決まってるの」

サラは何も好きで色んな物をミナリーに譲っていたわけではなかった。勿論可愛い妹に、と思わなかった訳ではないが、中には譲りたくないものだってあったのだ。

それでも良しとしてきたのは、両親がそれくらいあげなさいとミナリーの我儘を許容し続けていたから。

サラもそうしなければいけないと、当時思い込んでいただけだ。社交界では役に立たない自分の代わりに表に出てもらっているという罪悪感も、それを助長させた。

それでも、ここまで当たり前のようにおかしな言い分を通そうとするミナリーに、サラは一種の恐怖を覚えた。

「いやっ……だめ……あの方だけは、カリクス様だけは……っ」

「だめって言ったって、まだ結婚してないんでしょう～？　カリクス様、本当はお姉様との結婚嫌なんじゃないかしら。だから先延ばしにしてるんじゃないの？」

「っ、そ、れは、手続きに時間がかかるからって」

「アハハッ!!　お姉様知らないの？　結婚の手続きだけならね、一週間もかからないのよ？」

「……!!　そんな――」

信じられないというように、瞳に絶望を浮かべるサラに対して、ミナリーは満足気に笑みを浮かべる。

ミナリーは昔から、サラの苦痛に歪む顔が堪らなく大好きだった。

「可哀想なお姉様……。カリクス様はミナリーが貰ってあげるから、お姉様はこの家で前みたいにお仕事に励めば良いのよ～。ね？　きっとそのほうがお姉様も、それにカリクス様も幸せになれるわ。いい加減、カリクス様に愛されてないことを自覚するべきよぉ？」

悪魔の囁きがサラの耳に纏わりつく。

ミナリーが嘘をついている可能性だってあるが、もしも本当ならば、カリクスに嘘をつかれていたことになる。

それ即ち、結婚を先延ばしにされたということ。この結婚を、望んでいないということ。

サラのカリクスへの想いが、独りよがりなものだったことを意味してしまう。

――――けれど。

「確かに……私はカリクス様に愛されていないかもしれない……」

「うんうん、やっと分かってくれたのね！」

「けど、良いの……たとえ私じゃなかったとしても。だけどねミナリー。――貴方じゃだめよ」

「は？」

「貴方では、カリクス様を幸せには出来ないわ」

「なんですって……!!」

――バシンッ!!

「いっ、……たぁ…………」

ふーふーと肩で息をして激昂するミナリーに、左頬をぶたれたサラの頬は痛々しいほど赤色に染まっている。

男に殴られたのと同じところを叩かれたのだ、無理はない。

それでもサラはミナリーに言った言葉に後悔はなかった。

自分の気持ちがどうとか、カリクスが嘘をついたのかなんてどうでも良いのだ。――ただサラは。

「カリクス様に愛されなくても……っ、私はあの方を愛しているわ……！　誰よりも幸せになってほしいの……！　だから何度でも言ってあげる。ミナリーじゃカリクス様を幸せにはできないわ!!」

「うるさいわよ……！　ちょっとお父様お母様！　早くこの女黙らせてよぉ!!　ミナリーに酷いこと言うの!!」

二人もサラの生意気な態度には相当腹を立てていたので、迷わずサラに近付いていく。

拘束されていて逃げることが出来ないサラは、芋虫のように這うことしかできない。

「なっ、何をするつもりなんですか……!!」

「なぁに、この布でその生意気な口を塞ぐだけだ。これ以上騒がれたら面倒だ」

「安心なさい？　ちゃんと反省したら手足も自由にしてあげますからね？　それまでは……そうね。あの屋根裏部屋で一人で反省すればいいわね」

「やっ、いや……！　やめて……!!」

少しずつ後ろに這うもののドン、と体が壁に当たる。

男のポケットから布が取り出されると、逃げ場がなくなったサラは瞳に涙を浮かべ、それはつぅ……と頬を伝い、床にシミを作った。

ポタ、ポタ、ポタ――。

「カリクス様……！　カリクス様ぁ……！」

ポタ、ポタ、ポタ、ポタ――。

来ないと分かっていても、その名を呼んでしまう。いつも助けてくれたカリクスは眠らされているというのに。

男の布を持つ手がサラに伸びる。必死に顔を左右に振るが女の手によって固定されれば、もう本当に為すすべはなかった。

（もうカリクス様にも……公爵家の皆にも会えなくなっちゃう……！　カリクス様の奥さんに、もうなれないんだ……っ）

未来の展望が暗い中で、サラはカリクスの顔を思い浮かべる。

──好きって、ちゃんと伝えておけば良かった。

「カリクス様ぁぁ…………っ！」


──バタンッ！！！

重い扉が力強く開く音に、その場にいた一同が扉に視線を移した。

「サラ…………！！！」

顔の左側にある赤くて優しいオーラのように見える火傷痕に、サラは嗚咽を漏らした。

「かっ、かりく、す、さまぁ……っ」

カリクス、裏側を語る

カリクスは扉の先の光景に目を見開いて、すぐ眉間にシワを寄せた。

手足を縛られ、頬が真っ赤になって泣いているサラ。そんなサラの口を塞ごうとしている義家族たち。

あまりにも悲惨な状況に、怒りで頭がおかしくなりそうになりながらも、カリクスはサラのもとへ駆け寄ると、彼女の背中を支えて優しく身体を起こした。

「サラ……！　大丈夫か!!」

「うっ、ふっ……ぅあ……っ」

大丈夫だと伝えたいのに、嗚咽が漏れて声にならないサラを、カリクスはギュッと抱き締める。耳元で遅くなって済まなかったと謝罪すると、サラは小さく首を振った。

「どういうことだ!!　お前紅茶に睡眠薬を入れたんじゃなかったのか!?」

「入れましたわ!!　それに貴方も見たじゃない眠るところ……!　部屋に運んだときもベッドにおろしたときも、寝てたんでしょう……!?」

「寝てたさ……!!　寝てたのに……こんなに早く起きるような薬じゃあ無いのに……!!」

男と女が言い合っている中、カリクスは抱き締めている腕を解くと、すぐさまサラの拘束を解いていく。

パサリと縄が解けると、手首と足首に現れる赤黒い痣。力加減をせずに力いっぱい結んだことは明らかだった。

カリクスはその痣をするりと撫でると、次に左頬を見やる。

軽く叩かれた程度では到底ならないほどの腫れに、思い切り殴られたのだろうということは容易に想像でき、カリクスはギリ、と奥歯を噛み締めた。

「痛いだろう……大丈夫じゃ……ないな」

「い、え、……カリクス様が、来てくれた、から……っ、痛みなんて、どこかにいきましたわ……?」

「……そんなわけないだろう。強がりはよせ」

涙がようやく止まり、強がって笑顔を見せるサラ。カリクスは「立てるか？」と確認すると、サラはこくりと頷く。

右手を差し出されたのでサラは左手でその手を取ると、ズキリと痛む腹部を反対の手で押さえた。

「……っ」

「まさか腹もやられたのか……⁉」

「あ、はは……少しだけ……」

「信じられない……実の娘になんて仕打ちだ……っ」

立ち上がったサラの腰を支えて自分に寄り掛かるようぐぐっと腕に力を込めるカリクス。勿論腹部の痛みには影響がないようにだ。

未だにこちらに目もくれず喧嘩する二人に、ほとほと呆れたカリクスは声を掛けようとすると、信じられないような物を見る目でこちらを凝視するミナリーと目があった。

声には出ていないが、パクパクと何かを喋っている様子に、カリクスは不気味さを覚える。

「何だ。何を言っている」

「どうして――」

「……何だ、聞こえな――」

「どうしてそんなにお姉様のこと大事そうにしてるの⁉　結婚を先延ばしにしてるんでしょ……⁉お姉様のこと好きじゃないんでしょ⁉」

ミナリーの叫びに、サラの肩がビクつく。

カリクスはそんなサラに耳元で大丈夫、と告げると、ミナリーに視線を戻した。

「お前には関係ない。言う義理もない。鬱陶しいから話しかけるな」

「キィィ……!!」

残響まで耳障りなミナリーの叫び声に顔を歪めたカリクスだったが、サラに話しかけるときには無意識に穏やかな表情に戻る。

「サラ、この件が終わったら説明するから待っていてくれるか。君にきちんと伝えたい」

「はっ、はい……分かりましたわ」

返事と同時にきゅっと、サラに胸ポケットあたりを掴まれると、カリクスの表情は一段と和らいだ。

両親はまだ口論をしていて、ミナリーは思い通りにならなかったからなのか、爪を噛みながらブツブツ何かを言っている。

まともに話そうにも少し時間が必要な気がしたサラは、あの、とカリクスに尋ねた。

「どうして伯爵邸《ここ》に……？　マグダット領に行ったはずでは……？　それに、その、睡眠薬を盛られたんですよね？　なのに何でその、大丈夫なのかなぁ、と」

「ああ、それなら——」

ことの詳細は後でゆっくりと、と思っていたカリクスだったが、何も情報がなくてはサラが不安かもしれないと思い至る。

どこから説明したら良いのか悩むと、カリクスは考えが決まったのか話し始めた。

「まず、私に薬や毒の類は効かない。——昔色々試したせいでな」

◆◆◆

話は数時間巻き戻る。

それはカリクスが紅茶を飲んでテーブルへ倒れ込み、男に担がれてどこか別の部屋のベッドに沈んだときのことだ。

「…………」

「よし、良く寝てるな」

しっかり閉じられた瞼に、規則正しい呼吸音を聞いた男は、カリクスが睡眠薬の影響で熟睡していると確信し、部屋を出ていった。

男の足音が少しずつ小さくなり、完全に聞こえなくなってからしばらくして、カリクスはすっと薄目を開いて辺りを確認し、むくりと起き上がる。

「不用心な男だ」

監視もつけず、拘束もしていないとは。

カリクスには毒や薬の類がほとんど効かない。事実出された紅茶を飲んでも体に変化はなかった。だからあの紅茶を飲んでも眠りこけるなんて有るはずがないのだ。

しかし、紅茶を飲んだときの義家族の顔つきときたら、それはもう悪魔のようにニヤリと口角を上げていて、紅茶に何か入っていると確信するには十分だった。

適当に数十秒後に倒れて見せれば予想通り、上手くいっただの、睡眠薬が効いただの、義家族は簡単にボロを出す。

カリクスはこの茶番に付き合うことにした。その方が警戒を解かれて、研究データを捜せるのではないかと思ったからだ。

何かまずいことが起きそうになったら、腕っぷしでどうにかできる自信もあった。

そして現在、屋敷内のどこかの部屋で一人、カリクスは狙い通り自由の身となったのだった。

(こんな機会は滅多にない。……植物の研究データを捜すか。見つかればこの際、睡眠薬の件は不問にしても良い)

カリクスは今いる部屋を粗方調べ終わると、データがないことを確認してからそろりと部屋を出た。

いつ義家族や使用人が現れるのか分からないので、ゆっくりと慎重な足取りだったのだが、しばらく屋敷内を歩いているとはた、と気づく。

(人がいる気配がない。使用人はどこかに集まっているのか?)

マグダット子爵邸のようなケースは稀だ。サラから何人か使用人がいたことは事前に聞いていたカリクスは、不可解な現象に疑念を持ちながらも、足を止めることは無かったのだが。

「貴方は————!!」

「……!!」

やや遠い位置から声を掛けられ、カリクスは声の方向へと向き直る。

茶髪を一つ結びにしたメイドが、カリクスのことを凝視していた。

見つかったことにまずい、と思ったが、メイドは大声を上げたり走り出したりすることなく、素早い足取りでカリクスの前へとやって来て、丁寧に頭を下げる。

「アーデナー公爵閣下、私はこの屋敷のメイド、カツィルと申します」

「カツィル、だと」

その名前にカリクスは聞き覚えがあった。

辛い実家での生活の中でも、唯一良くしてくれたメイドがいたと。もし会うことがあるのならば、伝えたいことがあると。サラは、懐かしむように言っていたから。

「サラは——幸せだから大丈夫だと、心配しないで大丈夫だからと、君に伝えたいと言っていた」

「……っ!! う、う、っ……」

口元を手で押さえて涙するカツィル。あの『悪人公爵』に身代わりで嫁がされ、辛い思いをしていないだろうかと心配していたカツィルは、カリクスが伝えてくれたサラの言葉によって安堵で胸が一杯になった。

「君は……本当にサラのことを大切に思ってくれていたんだな」

「ですが私は……サラお嬢様をお助け、ぐすっ、することができません、でした……!」

「サラには君の思いが伝わっていたし、きっと君の存在は救いだったはずだ。恥じることはない」

「……う、うっ」

カツィルも以前、カリクスのことを『悪人公爵』という噂だけで判断していたうちの一人だった。サラが酷い目にあっていないか、カリクスの冷酷残忍な行為の犠牲になっていないか、心配したこともだってあった。

しかしそれは、どれだけ愚かな考えだったのだろうとカツィルは思う。

確かに火傷痕はあるけれど、それだけだ。こんなに優しい瞳をしている。こんなにも慈しむようにサラの名前を呼ぶ。サラを心配していた自分に、心から慰めの言葉を掛けてくれる。

カツィルは、しばらくの間涙が止まらなかった。


「そういえばカツィル、他の屋敷の者たちの姿が見えないのだが、何か知っているか」

カツィルの涙が落ち着いたのを確認してから、カリクスは問いかける。

カリクスの質問に、カツィルはハッとして頭を下げた。

「あ、あの、そもそもなのですが、奥様が公爵様の紅茶に睡眠薬を入れていたと他のメイドが話していたのですが……！　大丈夫なのですか⁉」

「結論だけ言うと問題ない」

ちら、とカリクスの顔を見上げると本当に問題なさそうなので、カツィルは姿勢を正す。

「か、かしこまりました……。では今からこの屋敷の現状を説明いたします」

「頼む」

この屋敷の女主人――サラの母親が紅茶に睡眠薬を混ぜるところを見ていたのは、応接間に共についてきていたメイドだった。

彼女は以前から伯爵家の経営不振を感じ取っていたので、そろそろ田舎に戻ろうかと考えていた。

サラの婚約者であるカリクスに薬を盛るという暴挙も見てしまったことで、伯爵家に先はないと見限るのはおかしな話ではなかった。

それから彼女は場所を移し、雇用主たちがカリクスに薬を盛って犯罪を犯すかもしれないことを、使用人たちに触れ回った。

そうして伯爵家に不満を持っていた使用人たちは簡単な準備を済ますと、一目散に屋敷を出ていったのだった。

「――と、言うことです」

「分かりやすくて助かる。では何故君はまだここに居るんだ？　一緒にいかなかったのか」

「……私は、なぜ今公爵様がこの屋敷に訪れたのか知りたかったのです。もしも旦那様たちと手を組んでサラお嬢様に何かしようなどと考えているならば、サラお嬢様にそのことを伝えなければと。私の見当違いだったのですが……」

「そうか」

「それに、その…………どうしても引っ掛かることがありまして……その、植物のデータが――」

「!?　君はマグダットの植物データの存在を知っているのか……！」

その植物データを返してもらうために来たことをカリクスが伝えると、カツィルは目を見開く。

そこからはお互いの情報を惜しむことなく出し合うと、カリクスは大きな手がかりを得ることになる。

「まさかあの方たちがそこまでクズ――コホン、失礼いたしました」

「いや、どんな言葉でもあの義家族には生ぬるいだろう。それで、君はどこでマグダットの植物データを見たんだ。あんな貴重なもの、おそらくどこかバレないところに隠して――」

「あ、それなら大丈夫です！　旦那様、自室のテーブルに雑に置いておりました」

「本当に馬鹿な男だ」

「はい、そのとおりでございます」

ここまで愚かだと怒りを通り越して笑えてくる。

普通、罪を犯してまで手に入れた貴重なものを雑に置かないだろう。

それを他の者に見られるなんて馬鹿にも程がある。相当、脳内が花畑らしい。

とはいえ、いくらなんでも部屋には鍵が掛かっているだろう。無理矢理開けることも出来なくはないが、どうするか。

カリクスが腕組みをして考えていると、カツィルは恐れながら、とずいと手を差し出した。

「これを」

「これは……まさか伯爵の部屋の――」

「はい。旦那様の部屋の鍵は執事長がスペアを持っているのですが、もうすでに使用人は私以外もぬけの殻ですので、念の為に拝借しました」

「君は――優秀だな」

まるでセミナを彷彿とさせる。カリクスはそんなことを思いながらそれを受け取ろうとすると、悲鳴のような声が聞こえた気がしてぴたりと手を止めた。

「今、何か――」

――カリクス様……！　カリクス様ぁ……！

「……！　この声はサラ……っ!!」

どうしてここにサラが、今の悲鳴は何だ。

恐ろしいほど脈が速くなり、カリクスの額には汗が浮かぶ。

「あの方向はダイニングルームです！　おそらくそこかと！」

「分かった……！　危険かもしれないから君はここで待て！」

「それなら私は先にデータを取ってまいります……！　サラ様のこと、どうか……！」

「分かっている……！」

◆◆◆

「──大体こういうわけだ。声を上げてくれていなかったら君を助けられなかったと思うと──気が狂いそうだ」

「カリクス、さま……っ」

涙は止まったものの、赤くなった瞳が痛々しい。

さっさと話を済ませて全てを終わりにしなければと、地面に響くような低い声で「おい」とカリクスは目の前の三人に呼び掛けた。

余りにもドスの利いた声に、ビクリと三人は首を竦めて、カリクスをおどおどした様子で見つめる。

「私に薬を盛り、婚約者であるサラに危害を加えたこと、どう責任を取るつもりだ」

サラにはカリクスがどんな表情をしているかは分からなかったが、沸々と込み上げてくる怒りを抑えきれていないことだけは分かる。

家族の顔も見えないが、正しく蛇に睨まれた蛙とはこのことなのだろう。

「っ、全て状況証拠だろう⁉　睡眠薬はここにはないし、サラを殴ったところは見たのですか⁉」

「この期に及んでまだそんな戯言を言うのか」

「当たり前です！　無実の罪など洒落にならん！」

「「そうよそうよ……‼」」

サラは頭を抱えたくなる。

実の父親の無様な言い訳に、それに同調する母親と妹。

情けなさがぐるぐると胸を渦巻いた。

カリクスはサラの心情を察してか「愚かな」とぽつりと呟く。

「残念だが証拠なんて私の手に掛かればどうとでもなる」

「いくら公爵閣下でもそこまでの力があるわけ――」

「なるんだ、私なら」

ふ、とカリクスは笑う。馬鹿にしたような笑いではなく自嘲的なそれに、男は何故か背中を這うような恐怖を覚えて、ヒュッと喉から音が漏れた。

「それにマグダットの研究データをゴロツキに盗ませ、怪我を負わせたことも分かっている。そうまでして金が欲しかったか。――ファンデッド伯爵、サラが居なくなったこの領地は、経営がガタガタだっただろう？」

「……くっ」

「貴方どういうことですの⁉」

「お父様はそんなこと一言も……あ、さっきお姉様に指摘されたときちょっとだけ、って……」

「ちょっとどころか明日も怪しいレベルだ。その様子からして、領地経営が上手くいっていないことは隠していたらしいな」

男は顔を真っ赤にして目をキッと吊り上げ、カリクスではなくサラを睨む。サラには見えていないとはいえ、カリクスには非常に不愉快だった。

カリクスはサラを自身に寄り掛かるよう、腰に回す手に少しだけ力を込める。

立っているのが辛くなってきたのか、それとも今までの話で心がすり減っているからなのか、サラは抵抗することなくカリクスへと体重を預けた。

カリクスは空いている方の手でサラの頭を優しく撫でてから、アッシュグレーの瞳が三人を映し出す。

「この屋敷にその盗まれたデータがあることも、どの部屋にあるかも調べはついている」

「⁉　なっ、なんのことだか‼」

「しらを切るのも――」

いい加減に、とカリクスが言おうとしたのと同時に、廊下からドタバタと走る音が近付いてくる。

カリクスはニッと口角を上げ、サラに「会うのは久しぶりだろう？」と耳元で囁いた。

サラは扉を食い入るように見つめる。すると。

「マグダット子爵の研究データ持ってまいりました！」

「その声――カツィル……！　カツィルよね……⁉」

「サラお嬢様‼　良くご無事でっ……って無事じゃありませんわ‼」

サラの頬の腫れを見たカツィルは感動の再会をじっくり味わうことなく、資料をカリクスに手渡すと即座に踵を返す。

それから反転して再び扉の方に向かうと、大きな声で叫ぶのだった。

「救急箱を持ってまいります‼　サラお嬢様の顔に傷が残っては大変ですから‼」

ピューン。まさにそんな効果音がしっくりくるほど機敏な動きで走っていくカツィルに、サラは呆気にとられてから、ふふ……と久々に笑みを零す。

この笑顔をもっと見ていたい、こんなふうにずっと笑っていられるように守ってやりたい。カリクスは、強くそう願う。

「さて、これでもう言い逃れはできない。終わりだ」

まるでそれは、地底にスッと吸いこまれて行くような絶望感。

三人の瞳は、真っ暗な影を落とした。

サラ、片鱗を見せる

「そもそも私が今日ここに来たのはこのデータを取り返すためだ」

　カツィルに手渡された書類を持ちながら、カリクスは淡々と話す。手元の書類に、カリクスは視線を移した。

「これを素直に返すのならば、全ての罪を不問にしても良いとマグダットから確約を得ていた。それと――今後一切サラに関わらないと誓うならば、他国で土地と爵位を与えて何不自由ない生活を、と考えていたが」

「「!?」」

　信じられないと言いたげな表情の三人だったが、いち早く冷静さを取り戻したのは男だった。

　男は小刻みに首を振りながら、カリクスにとぼとぼと近付いてくる。

「そんな……嘘だ……いくら貴方にもそれは――」

「いいや、出来る。さっきも言っただろう。出来るんだ私なら。交渉事に嘘を持ち込むほど私は愚かじゃない。それに、これくらいのことでサラが笑っていられるならば、容易いことだ」

　他国で何か大きな手柄を立てたとでっち上げれば、新たな領地と爵位を承ったとしてもそれ程おかしな話ではない。ファンデッド伯爵家は新たな土地で、新たな生活を手に入れることが出来ただろう。

ファンデッド領地に関しては、持て余すくらいなら国が管理するはずだ。直ぐに新しい領主が任命され、今より悪い状況になることなんて稀なことだ。

サラは今まで通り伯爵家の娘として立場上貴族でいられるし、もちろん犯罪者の娘になることもない。

いくら自分にとっては迷惑極まりない義家族だったとしても、サラにとってはあれでも家族だ。

カリクスは、義家族さえも不幸にならないような配慮をするつもりだった。

「――だが、いくらなんでもやりすぎだ。私に対して薬を盛ることもそうだが、サラに対しての暴力は何をおいても許されるものではない」

「カリクス様……」

それに、未だサラを睨み付ける目。ここで少しはしおらしい態度でも見せるならまだしも、カリクスではなくサラを睨み続ける三人。

どうにか家族間の修復が出来ればとも考えていたカリクスだったが、どうやら無理らしい。

カリクスは『悪人公爵』の名の通り、冷酷な瞳を宿して義家族を見下ろした。

「貴様らは罪人だ。一生陽の光を浴びることなく地下牢で過ごすといい。サラに対しての己たちの所業を後悔しながらな」

「そんなの貴殿の独断で決められることでは――」

「だから何回も言っているだろう。出来るんだ、私なら。その耳は飾りか、伯爵」

確証はない、だがどうしても嘘だと思えない。カリクスの歴然たる態度に男はストンと膝をついた。

女はもう終わりなのだと両手で顔を覆って肩を震わせると、隣のミナリーが嗚咽を漏らしたことでバッと顔を上げる。

「ミナリー、泣かないで……？」

「いやっ、いやよお母様ぁ……！　私悪いことなんてしてないもん……!!　牢屋だなんて酷いよぉ……!!」

ポロポロと涙しながら訴えるミナリーに、父は立ち上がりすぐさま寄り添う。

母もそれに続くようにミナリーに寄り添い、そこにはまるで絵に描いたような家族の姿があった。

サラはその姿を見てズキリと胸が痛む。家族への未練は断ち切り、あんな酷い目にあわされてもなお、与えられなかった家族からの愛情への渇望が姿を見せたから。

「公爵閣下、お願いがあります」

「何だ」

男が力なく言う。まるで憑き物が落ちたようなその瞳には、もう怒りや恨みは無かった。

「私と妻でどんな罰でも受けます……！　ですからどうかミナリーだけは助けていただけないでしょうか……！」

「私からもお願い申し上げます……!!　どうかこの子だけは……娘だけはご勘弁を……っ！」

「お父様ぁ、お母様ぁ……っ」

娘を必死に庇う両親の姿は、きっと何も知らない者が見たら感動するのだろう。もしかしたらカリクスのことを悪者扱いするかもしれない。助け舟を出さないサラを悪女だと罵るかもしれない。

けれど全てを知り、サラがどれだけ苦しみ、自分を犠牲にしてきたかを痛いほどに理解しているカリクスには、反吐が出そうだった。

「サラも、お前たちの娘だ」

「あ…………」

「ミナリーを思うような気持ちが少しでもサラに対して向けられたのならば、こんなことにはならなかっただろう」

「……っ」

そこで初めて、サラを見つめる両親の目は僅かに変わる。罪悪感が浮かぶその瞳を、カリクスはサラに伝えるべきかどうか悩んだ。

優しい彼女は、申し訳無さそうにしているよ、と言われれば許してしまうかもしれないから。

カリクスはそれだけは避けたかった。サラがまた傷つくかもしれない可能性は潰しておきたかった。悪者になってでも、今がサラと家族を完全に引き離す最後のチャンスだと思ったのだ。

「明日にでも使者が来る。お前たちは直ぐに罪人として裁かれるだろう。逃げようなどとは思わないことだ。……もちろん、ミナリーに減刑もしない」

「そ、そんな……！」

温情が与えられなかったことに落胆する三人に、カリクスは表情一つ変えない。今までサラが受けてきた苦痛を思えば、当たり前の采配だった。

サラを傷つけられ、己の罪を省みない時点で、カリクスは義家族を誰一人として許すつもりなんて無かった。

「サラ」

「……はい、カリクス様」

静かに状況を見守るサラにカリクスは声をかける。

サラは見上げるようにしてカリクスを見つめた。

「もうこの先、一生家族と会うことはない。何か言っておきたいことはあるか」

「………。私は……」

サラは遠い目をして思いを馳せる。それから数秒後、覚悟を決めたのか、カリクスの支えから離れて一人で立つと、家族と対峙する。

泣きじゃくるミナリーと、僅かに擁護してくれるのではないか、と今までで一番求められるような声で「サラ」と名を呼ぶ両親。

サラは一度深呼吸してから、穏やかに話しだした。

「一つだけ、お聞きしたいことがあります。正直に話してください。――三人が私をここまで嫌っていた理由は、なんですか……？」

会えなくなる前に、家族の口から改めて聞きたかった。

サラの記憶の中では両親から完全に見放され、ミナリーからは下に見られ、使用人のような扱いを受けるようになったのは過去のお茶会での失敗以降だ。

もちろんそれまでもミナリーに比べれば、かなりきつい物言いに冷たい態度だったが、まだ家族の範囲内だった。

けれどサラは、本人たちの口からきちんと聞いたことがなかったのだ。

お茶会のことで、顔が見分けられない症状のせいで、ここまで歪な関係になってしまったのか、サラは最後にどうしても聞きたかったのである。

「私は……」

男がゆっくりと口を開く。サラは黙ってそれを待ち、カリクスはサラの表情を観察した。

「私は昔から勉強が苦手で兄貴に馬鹿にされていた……。それで、お前には人に馬鹿にされずに済むように家庭教師を雇ったのだ。だが、私の予想よりも遥か上――サラ、お前は天才だった。お前は私より遥かに優秀で……私はそれを認めたくなかった。だからお前を屋敷に閉じ込めて人に会わせないようにした。自尊心を傷つけ、雑務だと言って仕事をやらせた。いつか、お前に牙を剥かれる日が怖かったんだ」

「……なんですか……それ」

信じられない、とサラは目を大きく見開く。

女は「私も……」と言いにくそうに話しだした。

「辺境の男爵家の生まれだったから字もろくに書けなくて……。貴方のお祖母様――お義母様が生きていた頃はよく馬鹿にされたわ、こんなことも分からないのかって。それでお義母様が亡くなってから貴方が産まれた。もちろん初めのうちは賢い貴方を誇りに思っていたわ。けれど自分と比べるうちに……どんどん憎らしくなっていったのよ。今度は貴方がお義母様みたいに私を馬鹿にするんじゃないかって。だから上から物を言って……きつく当たって、当たり前のことだといって女主人の仕事もさせたの……自分のために」

「………」

黙りこくるサラをカリクスは心配そうに見つめる。辛いだろうと、もう聞かないほうが良いのではないかとさえ思った。

けれどサラは続いてミナリーに視線を寄せる。

妹の言葉を待つサラに、カリクスは押し黙った。

「私は、昔からお姉様が羨ましかったの。勉強もマナーも全部直ぐに完璧に出来てしまうんだもの。それに本当はとても可愛いから……幼い頃お茶会に行っても、全員お姉様のことばっかり見るから……！　ミナリーのことは、誰も……。だから、お姉様の優しさに付け込んで、使用人みたいな扱いをしたの。お姉様が悪口を言ってたわって、お父様とお母様に嘘の告げ口をしたこともあるわ……だって、だってお姉様は全て持ってるんだもの！　両親くらい私だけのものになったっていいじゃない！」

想像していた理由とは明らかに違うそれに、サラの心境は複雑だった。

「では、昔私がお茶会で王子の名前を間違えたことは覚えていますか？　その後から当たりが強くなったように感じるのですが……」

サラの疑問に、女は思い出したようにああ、と声を漏らす。

サラにとってはトラウマとなる出来事だったので、思いの外軽い反応に驚きを隠せなかった。

「あったわね……そんなこと。貴方のミスをきっかけに、私たちは前より酷い態度をとったわ。別に王子がどうとか社交場だからとか、そんなことはどうでも良かったの。ただ、貴方を責める理由があったらそれで良かったのよ」

「…………‼」

女の返答に何だかくらくらする。今すぐベッドに沈んでしまいたいとさえ思う。

それでもサラはピンと伸ばした背筋をそのままに家族を見つめる。

「それ、なら」

震えそうになる声を必死に我慢して、サラは苦笑しながら問い掛けた。

「私が顔を見分けられなくて、貴方たちに迷惑を掛けたから——だから、私を疎ましく思っていた……ということではないのですか？」

そう思っていたからこそ、サラは全ての所業に耐えることが出来た。自分のせいだと思っていたから。

迷惑をかけたという罪悪感があったから、家族への情を捨てきれなかった。

しかし現実は、サラに対してまたもや残酷だった。

「あれは私たちに構ってほしかったからついていた嘘でしょう？」

「私もそう思っていたよ。親の気を引きたいから嘘をつくのは子供によくあることだ」

「お姉様、ミナリーも嘘だって分かってたわ？　寂しかったのよね？」

——ガラガラガラ。

サラの中で何かが崩れ去っていく音が聞こえる。

信じてもらえていないとは分かっていたけれど、まさか。

サラの真剣な悩みは、訴えは。

気を引きたいからだと、愛情に飢えていたからだと思われていたのだ。

「――そう、ですか。もう分かりましたわ。もう、十分です」

俯いてぼそりと言うサラ。普段よりも段違いに低い声に、カリクスは心配が募る。

いっそのこと、この場から連れ去って行こうか、サラの受けた痛みと同じだけの痛みを今すぐ義家族に与えてやろうか、とさえカリクスは考える。

しかしそれはサラの望むところではないことをカリクスは重々知っているので、そっとサラの手を掴んだ。

優しく、味方だから大丈夫だと言うように。

するとサラはそっと顔を上げて、カリクスを見つめる。それは、今まで見た中で圧倒的に強さを感じる瞳だった。

サラのゆっくりとした動きで、その瞳がそろりと家族を映す。

「処罰の件ですが、私は減刑を求めるつもりはありません。会うのもこれが最後ですわ」

「なっ、ここまで育ててやったのに、恩を仇で返すとはなんてやつだ……‼」

「好きにおっしゃってください。――あとそれと」

サラはダイニングテーブルに置いてある紙を手に持ち、おもむろにビリビリと破き始める。

カリクスと無理やり婚約解消をさせるためのその紙は、サラの手の中で粉々になった。

そうして、サラはその手を上に挙げるようにしながら、家族たちの前でばら撒く。

ヒラヒラ、ヒラヒラとそれは桜のように舞い散り、サラの表情を見えにくくした。

そんな中でサラは、洗練された動きでスカートの裾を掴み、膝を曲げる。

「今までお世話になりました。末永く、家族三人牢屋の中でお幸せに」

優雅なカーテシーに、家族たちは奇しくも目を離せない。

舞い散る紙も相まってか、サラの姿に神々しさを感じる。文句の言葉など、出るはずもなかった。

「カリクス様、もう行きましょう？　カリクス様にあそこまで言われて逃げ出せるほど、この者たちは勇敢ではありませんわ」

「あ、ああ。——行こうか、サラ」

「はい。カリクス様」

——パタン。

最後は目も合わせず、さっそうと部屋を出ていったサラに、家族たちは未だ言葉を発することが出来ない。

サラのくせに、生意気だ、まだやり直せる、私たちは無実だ——色々な言葉が頭に浮かぶのに、どうしてか声にならない。

先程のサラのカーテシーが頭から離れないのだ。

そんなとき、ミナリーだけはぽつりと声を出した。

「お姉様だけはきっと、敵に回しちゃいけなかったのよ」

――まるで崇め奉りたくなるほどの圧倒的な存在感。

ひれ伏すことでさえ幸せだと感じるほどの神々しさ。

サラ本来の素質の片鱗に初めて気が付いたのは、虐げ続けてきた家族だった。

◆◆◆

屋敷を出る最中カツィルと合流すると、サラは今度こそ再会を喜びあった。

しかし外はもう暗闇なので、危ないわねと話していると「急いで宿に部屋を用意してもらわないと！　南街の宿でお待ちしています！」とカツィルは一人で突っ走ってしまう。

危ないから戻るよう言ったのだが、カツィルの耳には届かなかったらしく、サラはカリクスと同時に見合った。

「と、とりあえず私たちも行きましょう……！　カツィルが行った宿には私を乗せてきてくれた馭者も居るはずです」

「分かった。近くに馬を預けているから、先にそこに向かっても良いか？」

「はい！　もちろんですわ」

それから二人はゆったりとした足取りで歩き始めた。

その間サラは家族のことには一切触れず、カツィルとの再会の喜びに、今までのカツィルとの思い出話に花を咲かせる。

「ふふっ、それでそのときのカツィルったらおかしいんですよ？　私が――」

時折腹部を摩りながらも、しっかりとした足取りで歩くサラ。その表情は憑き物が落ちたかのように明るい、否、明るすぎた。

「そ、それで……！　そのツボがなんと――」

「サラ」

無理をして明るく振る舞っていることに気がつかないほどカリクスは鈍感では無かったし、無論理由だって推測できた。

もしサラが今、悲しみに満ちていたらカリクスはどう思うだろう。

家族への罰が大きすぎたと、やりすぎたと思うのではないか。家族への情がまだ残っているのではないかと思うのではないか。

優しいカリクスはそう思うかもしれないと、サラはそんなふうに考えたのだった。

だからこそサラは普段以上に明るく振る舞い、カリクスが一切の罪悪感を感じずに済むようにしたかった。

「なあ、サラ」

カリクスが足を止めると、それに合わせてサラも足を止める。月明かりに照らされて伸びた二人の長い方の影が、少し距離を縮めた。

「私のために明るく振る舞わなくても良い」

「何の話です……っ、私は……」

「優しいのは君の美徳だが……今は悪徳とも言える」

「きゃっ……！　カ、カリクス様……っ」

カリクスはサラの手首を掴むと、自分の腕の中へと引き込んだ。

片手は腰に回し、もう片手はサラの後頭部をよしよしと優しく撫で上げる。何度も何度も、丸い形の触り心地の良い頭を撫でていると、サラが僅かに震えた。

「い、まは、離して……ください」

「嫌だ。離したら君はまた笑うんだろ？」

「笑顔は、……っ、お嫌いですか……？」

「いいや？　だが今は――君が私の腕の中で子供みたいに泣きじゃくれば良いと思っている」

「……っ、うっ」

サラはカリクスの胸に額を押し付けるようにして、フリフリと首を左右に振る。

変なところで頑固者だ、とカリクスはサラのそんなところも愛おしく思う。

けれどそんなサラを呪縛から、今度こそ本当に解放してやりたいと、カリクスは心から思うのだ。

「サラ……辛かったな。苦しかったな。あんな家族でも、罰を与えるのはきつかっただろう。……良く気丈に振る舞った」

「も、やめ……、っ、う、ぅ」

「君は頑張った。今までよく頑張った。一人で耐えるのは誰にでも出来ることではない。…………だがもう大丈夫だから、もう誰もサラを傷つけたりしないから。強がらなくても良いんだ……泣いたって良いんだ――サラ」

ぽつ、ぽつ、サラの涙がカリクスの胸辺りを濡らす。

「うわぁぁぁぁぁ……っ!!」

カリクスの胸に顔を埋め、サラは堰《せき》を切ったように涙を流した。

こんなふうになりふり構わず泣いたのはいつ振りだろう。小さい頃から泣いたとしてもバレないように声を押し殺してきたサラは、覚えていない。

「……よしよし、良い子だ。もう大丈夫だから。我慢するな」

「ひぐっ、うっ、うわぁぁ……っ!!」

それからカリクスは、サラが泣き止むまでずっと抱きしめ続けて、優しい手付きで頭を撫でる。

そんな二人を、月明かりだけが照らしていた。

二人の影は、しばらくの間一つだったという。

サラ、生まれ変わる

「ん…………………」

何だか全身が痛い。頬と腹部はズキズキと、手首と足首はジンジンと波打つような痛みがある。

(あれ？ ……私、昨日………………)

サラは覚醒しきっていない中で薄っすらと目を開け、はたと自身の左手の温もりに気がついた。

寝ているからか普段よりも温かく、ゴツゴツとした大きな手に包み込まれている。

椅子に腰掛けてベッドサイドに顔を伏せるようにしているその漆黒の髪と、いつも優しいその手をサラが間違えることはなかった。

「カリクス……さま…………」

「んん……」

「…………！」

どうやら起こしてしまったらしい。

伏せていたカリクスはゆっくりと顔を上げて、首を傾げるようにしてサラを見つめる。

「ん、おはよ」

「えっと、おはよう、ございます……？」

寝起きだからか、少し掠れたカリクスの声が色っぽくて、サラの頬は無意識に赤色に染まる。

「あの、私は一体……」

「昨日は大変だったからな。あのあと意識を手放すように眠ってしまったんだ」

「……も、申し訳ありません……！」

「何故？　サラの寝顔をずっと見られて私は役得だったが」

「〜〜っ!!」

カリクスの言葉は寝起きの心臓に悪く、ドクドクと波を立てた。しかしそれがサラにとっては嬉しい。何だか日常が戻ってきたようでホッと胸を撫で下ろした。

カリクスは小さく欠伸をすると、凝り固まった身体を伸ばすように一度両手を上に挙げる。

それから再びサラに視線を戻すと、スッと彼女に手を伸ばした。

「…………目、腫れているな」

腫れていない方の頬にぴと、と優しく触れるカリクスの手。

そのまま確かめるようにすりすりと撫でたそれは、顎を沿って戻っていく。

サラは名残惜しそうにその手を目で追った。

「だけど……何だかとてもスッキリしています」

「それは良かった。無理はするな。頬と腹部の手当ては済んでいるが……怪我の具合はどうだ？

……強がったら怒るぞ」

「……！　……かなり痛いです…………」

「だろうな。ありがとうサラ、素直に教えてくれて」

「あ、ありがとうの使い所がおかしいですわ……！」

「どこがだ。合っている」

即答するカリクスに、サラは手を口元に持っていくと、ふふふと笑みを零す。

カリクスはそんなサラの姿に薄っすらと目を細めた。

「やっぱり可愛いな、君は」

「えっ、あ、あ、ひゃっ……」

瞬間、カリクスは立ち上がりぐいと距離を縮める。今までのどんなときより近い。

鼻と鼻がもう少しでツンと触れてしまいそうなほどの距離に、サラは羞恥心を感じながらも避けることは無かった。

むしろそう、もっと近くにいたいと感じたのだ。

「――――」

それはあと数ミリで触れる、というところでサラは自らの意思で目を閉じる。

合意とも取れるサラの行動に対して、カリクスは己の欲を止める気など無かったのだが。

「サラ様おはようございます!! お加減はいかがですか⁉ ……って、あれ？ もしかして……その……お邪魔、でしたか……？」

ノックの返事をする前に、バタンと音を立てて入ってきたカツィルの登場で、二人の距離は瞬く間に離れる。

サラのことが余程心配だったのだろう。

とはいえ、あと一分でも遅ければ、とカリクスは思わなくもなかった。

「…………まあな」

「⁉ カ、カリクス様何を仰ってるんですか……!! じゃ、邪魔じゃないわーー。うふふーー。むしろ良いタイミングというかーー。おほほーー」

以前は乱用していたサラのそれに、カリクスは目をパチパチとさせる。

誤魔化すとき、嘘をつくときに言う彼女のそれが今使われたということは、サラもタイミングが悪いとは思っていたと考えて良くて、つまり。

「そ、そういえばこのお部屋って……宿ではありませんよね？」

カリクスが熱を帯びた瞳で見てくるものだから、サラは咄嗟に話を変える。

「言ってなかったか」とカリクスは呟いた。

「ここはマグダット領のプラン・マグダット子爵の屋敷だ」

「え……⁉　ど、どうしてですか……？」

「あのあと眠った君を抱いて宿まで行ったら、既にカツィルの話が宿主を通して馭者まで伝わっていてな。盗まれたデータのこともあるし、急ぎこの屋敷まで来たということだ」

「な、なるほど……カリクス様、馬は大丈夫なのですか？　その、馬小屋に預けたと」

「問題ない。今家臣たちが馬小屋に向かっている」

それなら良かった、とサラが安堵したのは束の間だった。

事情があったにせよ、マグダットに挨拶一つせずに寝泊まりさせてもらうなんて、常識的に考えて有り得ないからである。

「いっ、今から子爵にご挨拶を………！」

「ふ、その格好でか？　とりあえず着替えると良い」

「その格好………？」

ストン、とサラは自身の胸元あたりに視線を寄せる。

自分のものではないそれは、やや襟ぐりが広い白いシャツ。肩口は落ちていてかなり大きい。袖は捲らないと、手が完全に隠れてしまうほど長い。

よくよく考えれば足がスースーするので布団をちらりと捲る。すると自身でさえ着替えと湯浴みのときにしか見ないほど、足全体が姿を見せている。少し動いたら下着が見えてしまいそうなことに気が付き、サラはすぐさま布団を肩まで被った。

「こ……これは一体……っ」

「女っ気の欠片もなくメイドもいないこの屋敷に、女性物の服がなくてな……済まないが私が予備に持ってきていたシャツを着てもらっている。昨日の君のドレスには少し血が滲んでいたし、何より身体が休まらないだろう？」

「申し訳ありませんサラお嬢様……私の配慮が至らぬばかりで……」

カツィルを見ればお仕着せの所々に汚れがついている。普段から綺麗好きなカツィルから察するに、おそらく昨日と同じものを着用しているのだろう。

それと比べて新しい服を着せてもらっているサラに文句など言えるはずもなく――というかそもそも別に文句が言いたいのではなく。

「違うの……！　カリクス様もカツィルも、私は怒ってるわけでも嫌なわけでもなくて……！　ただ、その……カリクス様に全身包み込まれているみたいでとても、その……恥ずかしくて……………」

気恥ずかしそうに言うサラに、カリクスの目は何かを射貫くくらいにカッと大きく見開かれる。

無言の様がよりカリクスの限界を体現しているのだが、もちろん鈍感なサラがそんなことに気がつくことはなく。

「まるで生殺しだ…………」

「え？　何かおっしゃいました……？」

「いや、何も」

カリクスはちら、とカツィルに視線を寄せる。

こういうとき、いつもならセミナに憐れな目を向けられるのでどうかと確認していれば、カツィルは「サラお嬢様可愛いですわ～」とニッコニコだったので安心した。

どうやらカツィルは、セミナとは違って恋愛ごとに聡くないらしい。

カツィルといえば、とカリクスは一つ思い出したので、サラに話しかける。

「そういえば、カツィルを正式に公爵家で雇うことにした」

「本当ですか……!?」

「ああ。伯爵家は取潰しになるだろうし、私の目から見ても彼女は優秀だ。何よりサラに尽くしてくれるだろう」

「カリクス様……ありがとうございます……！」

きゃっきゃと喜ぶサラは、おいでおいでとカツィルを手招きする。

未だに片手で掛け布団を肩まで掛けている姿がなんとも可愛らしい。

「カツィル、これからもよろしくねっ」

「もちろんです。サラおじょ……いえ、サラ様!!　このカツィル、精一杯お世話させていただきます……！　雇ってくださった旦那様にも後悔はさせません……！」

「ふふ、カツィルったら」

「よろしく頼む」


それから、カリクスが急ぎ手配してくれたドレスに着替えたサラは二人で朝食をとった。

公爵邸とは少し違うがこれもまた美味しい。

舌鼓を打っていると「これからのことだが」とカリクスが話を切り出す。

穏やかで楽しかった空気はその言葉により一転する。サラは一気に現実に引き戻されたような感覚だった。

サラはおよそ数カ月後、両親とミナリーの処遇が確定次第、貴族の娘では無くなり、犯罪者の娘となるのだ。

「そんな顔をしないでくれ。……考えがある」

さぁーっと顔が真っ青になったサラにカリクスは優しく声をかける。

「けれど」と不安を口に出そうとするサラに、カリクスは予想だにしない言葉をかけるのだった。

「マグダットの養女にならないか」

◆◆◆

サラは現在マグダット邸の応接間にて、もじゃもじゃ――まさに爆発ヘアーを有したマグダットと対峙していた。

もともと茶色の髪は実験を繰り返した結果、所々焦げて黒くなっている。毛先はちりちりだ。細いフレームの大きな眼鏡をかけたマグダットの表情を窺い知ることはできないが、頭を抱えているところを見るとこの状況は悩ましいらしい。

サラはカリクスの隣でちょこんと小さく座ると俯いた。控えめに言っても居心地は最悪だった。

「いつまでそうしているつもりだマグダット。昨日話しただろ。お前も納得したはずだ。——借りは必ず返す、だろう？」

「分かってるよぉ……ぶつぶつ……だけどさぁ、いきなりはさぁ………心の準備がさぁ……ぶつぶつ」

ぶつぶつ言うのが平常運転だと、カリクスから聞いていたサラはそれ程驚くことはなかったが、気まずいことには変わり無かった。

サラは今から、プラン・マグダット子爵の養女となるための書類に、サインをするのである。

話は少しだけ遡る。

サラがカリクスに、マグダットの養女にならないかと問われたときのことだ。

サラは貴族ではなくなり、犯罪者の娘となる時点でどうやってもカリクスとの婚姻は叶わないのだろうと絶望していた。

しかしそんな中、カリクスに出された提案はまさに青天の霹靂だったと言える。

優しいカリクスのことだ。どんな立場になろうと婚姻に至るかもしれない。しかしサラの立場というのは間違いなくカリクスの汚点となってしまう。

けれど、マグダットの養女になるなら話は違う。サラは爵位を落とすことにはなるが貴族でいられるのだ。

何よりマグダット家がサラを養女として欲したというのが影響としては大きい。植物の研究で一目置かれるマグダットが、わざわざサラを養女として救済することそれ即ち、サラにはそれ程の価値があるということ。能力が高いということを意味する。

まだ三十歳手前のマグダットが若い女性を養女にするとなれば、下品な噂が流れることも考慮したが、それはあまり心配ない。

何故なら以前の王家主催のお茶会にて、カリクスがサラのことを婚約者だと口に出しているから。そしてマグダットが研究にしか興味がないことは、貴族界隈では有名な話だからだ。

つまりサラにとって、今回の話は利益しかなかった。

もちろん、プラン・マグダットが了承しているならの話だが。


そして話は戻る。

「あ、あのマグダット様……その、私が貴方様の養女に、というのは本当に良いのでしょうか……？」

「う、うん……それはまあ、昨日決まった……んだけど……ぶつぶつ……嫌とかじゃなくて……将来形だけでもアーデナーと家族になるっていうのが……」

「我慢しろ。私だってお前と家族になりたいだなんて思っていない」

「辛辣……！　僕ものすごい良いことしてると思うんだけど……」

もじもじとしながらもカリクスに対抗するマグダット。

しかしカリクスは足を組み直して、マグダットを論破する。

「借りが二つ。一つはサラを養女にすることで返してもらった。確かにこれは有り難かったが……もう一つは破格の条件だったろう？」

「うっ……！　そうなんだよなぁ……早く触りたい……いじりたい……腕がなるぞぉ……ぶつぶつ……」

ソファーの背もたれに凭れ掛かるマグダット。

話が読めずサラが疑問の面持ちをしていると、部屋の隅に控えるヴァッシュが「早くご説明さしあげては？」とカリクスに助言してくれる。

流石ヴァッシュは優秀である。

「サラ、ファンデッド伯爵家が取り潰しになると、その土地や領地、その権利はどうなる？」

隣に座るカリクスがそう問い掛けてくる。

「一旦王家預かりとなり、然るべき貴族に譲渡、及び売買を――あっ、そういうこと、ですか？」

「流石サラ、察しが良いな」

サラは直ぐにカリクスの言いたいことを理解し、うんうんと頷いている。

しかし聞き耳を立てているカツィルには全く分からなかったらしい。「え……？　何が……？」

と呟くカツィルに、サラは苦笑を見せた。

カリクスは確認のために、と説明を始める。

「まずは王家預かりになったファンデッド家のもろもろを私が買い取る。この土地はパトンの実の栽培に適しているからちょうど良い。その研究責任者はマグダットが適任だ。財源と、必要ならば人材もこちらで用意するから好きにするといい。パトンの実は今まで人工栽培に成功したこともなく、人々の生活を支える重要な食物だ。植物研究に携わるものならば、この環境は喉から手が出るほど欲しいはずだ。それと、領地経営自体は私や家臣たちがほとんど行うが、表に立つのはマグダットだ。

領主もマグダットを任命する。元ファンデッド伯爵領地の領民を安心させるのはお前――マグダットの仕事だ。それくらいはやれ」

概ねサラの予想通りであったが、唯一違うのは領地経営はもちろん、領主にはカリクスがなると思っていた。

実際名前など形だけで大事では無いのだが。サラの父親がそうだったように。

カリクスは隣にいるサラに視線を移した。

「まあ、話はこんなところだ。サラ、半分無理やりな形になってしまったが――私は君を無用な誹謗中傷から守りたい。婚姻のことも誰にも文句を言わせたくない。何より、君に負い目を感じてほしくない。……この書面に、サインをしてくれるか」

さっと渡された筆を、サラは一切迷わず受け取った。

サラサラと名前を書き、拇印を押す。それをマグダットに渡すと、同じように名前を書いて拇印を押した。

実質紙切れ一枚の話なので、当人たちが納得していれば養子縁組は済んだようなものだが。

厳密にはこの書類が受理されるには半年かかるため、正式な養子縁組が結ばれるのは少し先のことだ。

サラは居住まいを正すと、マグダットに向かってゆっくり頭を下げる。

「その、急ではありますが、これからよろしくお願いいたします……養父様《おとうさま》……？」

「僕がそう呼ばれる日が来るなんて……ぶつぶつ……。はい、こうなった以上、養父としての対応はきちんとします……えっと、サラさん」

「お前に頼むことは実際、殆ど無いと思うが——これから頼むよ、義父様《おとうさま》？」

「ア、アーデナー!!　君は二度とそう呼ぶな……っ！」

◆◆◆

細かい話はまた後日にしようということで、サラたちは帰路に就くことにした。

馬車は二台に分かれていて、もちろんサラはカリクスと同じ馬車に乗り込む。

「何だか……凄い二日間でしたね」

ガタゴトと馬車が縦に揺れる中で、おもむろに呟いたサラ。

悲愴感はなく、さらりと言ってのけるサラの姿にカリクスは気掛かりだった。

「大丈夫か？　色んなことがあったんだ。本当に無理はしなくてもいい」

強がりな彼女のことだ。平然を装っていても内心では――そうカリクスが心配していると、サラは上を向いてう～んと唸る。

数秒そうして考えてから、眉尻を下げて笑顔を見せた。

「私……強がっているわけじゃなくて、本当に大丈夫みたいです。自分でも不思議ですわ……。多分、沢山泣いたからだと思います」

「…………」

泣いてスッキリすることは多々あるが、どうやらサラは昨夜のことで完全に吹っ切れたらしい。

もちろん思うところが全く無いということではないのだろう。ただ家族のことが自身で受け入れられるだけの大きさになったというだけで。

「サラは強くなったんだな」

「……だとしたらカリクス様のおかげですわ！　ですから私決めました……！　これからは守られているばかりではなくて、私がカリクス様を守ってみせます……！」

「ふ、それは頼もしいな」

「どうして笑うんですか……!?」

「ああ。君が可愛くてつい」

サラ、その柔らかさを知る

マグダット領から道のり半分というところで「そういえば」とサラが話を切り出す。

カリクスはそれを穏やかな表情で待った。

サラは一度唇をきゅっと結んでから、遠慮気味に口を開く。

「結婚を先延ばしにしていた件ですが……お聞きしてもよろしいでしょうか……？」

舗装された王都の通りを馬車に乗りながら進む。

あまり大きく揺れないからか、カリクスはこのタイミングで立ち上がった。天井に頭がぶつからないように腰を折りながら大きく一歩進み、ストンとサラの隣に腰を下ろす。

「ここで話したい。良いか」

「は、はい……っ、もちろんですわ」

隣に座るやいなや、カリクスはサラの左手を絡めとる。

小指から順々に指の間に絡み合わせれば、サラの頬はぽっと色づいた。

「照れてるのか、可愛い」

「……っ、カリクス様はいつも急ですわ……」

「急じゃなければ良いのか？　それは良いことを聞いた」

「〜〜っ、私だってたまには……！」

負けじとサラは捕らわれていない右手をずいと伸ばすと、カリクスの左頬に触れた。

僅かにザラリとした火傷痕に触れてしまい、咄嗟に手を引っ込める。

「申し訳ありません……！　その、痛くはなかったですか……？」

「ああ、もう完全に皮膚の一部だから大丈夫。気にしないでくれ」

なるほど、痛みはないらしい。それなら、とサラはもう一度カリクスの左頬の上部に手を伸ばし、優しく指の腹でそれに触れる。

意図的に触れられたカリクスは、驚いてぽかんと口を開いた。

「サラ……？」

治療のとき以外は殆ど誰も触れたことがないカリクスの火傷痕を、サラはまるで宝物のように優しく触れる。

親指で、人差し指で、感触を確かめるようにして、それは無意識の行動だった。

サラは少しだけ尻を浮かすと、自身の顔をカリクスの顔に寄せ、彼の火傷痕にほんの少しだけ唇が触れる。

――ガタンッ。

音の割に大きく揺れたことでサラは我に返ると、バッと顔を引っ込めた。申し訳無さそうに俯き、ポツリと呟く。

「あ、あの……っ、申し訳ありま――」

「───好きだ」

バッと、サラは顔を上げる。え……と蚊が鳴くような声が漏れた。

「済まない。本当は馬車で言うようなことじゃないんだが───君に触れられて我慢出来なかった」

「……っ、え、と…………」

「婚姻を遅らせたのは、お互いが思い合った形で夫婦になりたかったからだ。私は誰でも良くてサラと結婚するんじゃない。サラとだから……結婚したい。出来れば君にも同じように思ってほしくて期間を設けた」

捕らわれていた左手に、痛いくらいに力が込められる。

同時にサラの心臓もぎゅっと捕らわれたみたいに痛い。鼓動の速さの影響か、全身に血液が流れて指先まで熱くなった。

「もう一度言う。サラ、好きだ。私の妻になってほしい」

「か、りくす……さま……っ」

「返事はいつでも───」

大丈夫だと言おうとしたところで、胸にぽすっと身を寄せるサラに、カリクスの心臓が跳びはねる。

予想だにしなかったサラの行動に、カリクスは瞬きを繰り返した。

握り返された手に意識を持っていくと、どちらのものか分からない手汗がじわりと滲むが、今はそんなこと全く気にならなかった。

サラはカリクスの胸に身体を預けたまま、ゆるりと見上げる。

掛け替えのない存在——カリクスに向ける眼差しは、ムズムズするくらいに愛おしさに満ちていた。

「私も、お慕いしております」

「……夢、じゃないよな」

「はい。夢では……困ります。カリクス様に触れられないじゃないですか」

「っ、すごい殺し文句だ……誰に教わったんだ、そんなこと」

見つめ合い、お互い目を細めて微笑む。サラには表情は分からなかったけれど、そんなことは大きな問題ではなかった。

気持ちが繋がっているという事実が重要だったから。

「サラ、愛している」

「私も……愛しています」

そうしてカリクスは一度指を絡ませた手を離してサラの右頬に手を寄せる。

同時にサラもカリクスの左頬に手を寄せ、目を瞑るとお互い吸い寄せられるようにして——ふに、と優しく触れた。

初めてのそれは、公爵邸に来た夜のことだった。薬を飲ませるために行っただけで、サラはカリクスに対して申し訳無さを感じたものだ。

けれど、今は違う。

柔らかくて温かなそれに、サラは恥ずかしさを感じながらも幸せで涙が出そうだった。

◆◆◆

「今戻った、出迎えご苦労」

「皆さん、ただいま戻りました……！」

「お帰りなさいませ、旦那様!!　サラ様!!」

正午過ぎ。公爵邸に着いたので馬車から降りると、笑顔で出迎えてくれる使用人たちの姿。サラは、はしたないとは思いながらも小走りで駆けて彼らに声を掛けると、後方にいるセミナの姿に気が付いた。

髪型や背格好、何よりも背筋がピンとしている姿――サラは顔が見分けられない代わりに、その他の部分で人を見分けられるように、無意識に感覚を研ぎ澄ましていた。

「セミナ……！」

「サラ様、お帰りなさいませ」

「ええ、ただいま。屋敷は変わり無かった？」

「はい。つつがなく。……サラ様の方は大きく進展があったようですね」

セミナはそう言うと、ちらりとカリクスを見る。

サラは屋敷を出る前に皆の前で告白をしたことを思い出し、顔から火が出るようだった。

「どっ、どうして分かるの……!?」

「お顔を見れば一目瞭然かと。おめでとうございます。それと、お顔のお怪我は大丈夫ですか？」

「ううっ、ありがとう……？　ええ、平気よ」

「これでようやく旦那様が浮かばれます」

「えっ？　なんて？」

「いえ何も」

それからは新たに屋敷の使用人になったカツィルを紹介し、サラがマグダット家の養女になることと、パトンの実のことや領地経営に元ファンデッド領も加わり、忙しくなることをカリクスが説明した。そして。

「サラの養子縁組が正式に受理されるのにおよそ半年。済み次第直ぐに婚姻を結ぶ。式は――互いの親が不在の為、屋敷にて内輪だけで執り行うつもりだ。ここに居ない者たちにもその旨伝えておけ」

馬車で思いが通じ合ってから話したのは式のことだ。

貴族同士――特にカリクスは公爵なので結婚式となればそれなりに盛大に行うのが慣例なのだが。

カリクスはここ数年社交界には顔を出していないので、呼ばなければいけない列席者はいない。以前のお茶会に途中から現れたときは関係者以外と会話をしていないし、友人のマグダットがサラの養父となるのだから、新婦側の列席者になるのでなおのことだ。

カリクスの両親は既に亡くなっていて、サラの家族に関しては言わずもがな。

いくら貴族とはいえ結婚式は当人たちの問題なので、内輪だけで問題ないだろうという結論に至ったのである。

「サラ、少し良いか」

「はい、何でしょう？」

各自仕事に戻るようにと号令をかけると、こちらに歩いて来たカリクス。

サラはカリクスを真っ直ぐ見つめると、にこりと微笑んで言葉を待った。

セミナとヴァッシュは近くで待機していたが、カリクスがサラに近付いていくのを確認すると、サッと屋敷の中に入った。直ぐ傍に居たカツィルはセミナに背中を押されて半ば無理やりだったが。

優秀な使用人たちは、優秀が故大変だった。

「今日の夜、部屋に行っても良いか」

「……！　それは……その、何かお話がある、ということ、ですよね……？」

以前は即決できたサラだったが今回は遠回りな聞き方をしてしまう。

先程両思いになってキスをしたばかりなのだ。いくらサラでも夜にふたりきりというのは意識してしまうのは当然だった。

サラのあたふたとした対応にカリクスは、くつくつと喉を鳴らす。少し前とはまるで別人のように意識されていることが嬉しかった。

カリクスはサラとの距離を縮めると、小さな耳に口を近づけて囁く。

「馬車での続きをしたいと言ったらどうする」

「……えっ」

「冗談だ。途中で止まれる自信がない。今日は話をするだけだから心配しないで良い」

小さな耳がこれでもかと真っ赤に染まっているのを横目に、カリクスは再び笑みを零す。サラのことが可愛くて仕方がなかった。

「半年後が待ち遠しい」

「……っ、も、もうご容赦を……っ」

「フッ、許せ。意地悪が過ぎた。それではまた夜に」

去っていく背中を見つめるサラの視線は熱を孕んでいる。吐息がかかるほど近くで囁かれた耳は、じんじんと霜焼けをおこしたみたいな不思議な感覚を起こす。

公爵邸に来て直ぐのこと『結婚したらもっと凄いことをするから』と言われたことをサラは思い出し、あの頃は言葉の意味が全く分かっていなかったのだと猛省したのだった。

◆◆◆

溜まっていた仕事の処理や湯浴み、夕食などを済ませたサラは、自室に訪れたカリクスを出迎える。

部屋に通すとソファーに座ってもらい、サラは落ち着かない様子でお茶の準備を始めた。

「サラ、君の社交界デビューの件なんだが」

はて、とサラは手を止める。前振りなしの会話だからではなく、社交界というものにサラは縁がなかった。

サラは伯爵令嬢として未だ社交界デビューを迎えていなかったことに今気づき、そして即座に大事《おおごと》だと理解したのだった。ちなみに以前のお茶会は、陛下並びに皇后陛下から社交界デビューの花を受け取っていないものなので含まれない。

「結婚以前の問題……でしたわ……」

「ああ。特別な事情がない限り、社交界デビューを済ませてから結婚が普通だ。……それで今、私の手元には宮廷から舞踏会の招待状が来ている。お互い社交界に積極的ではないが、流石にこれはしておかないと」

「そ、それはなんともタイミングが良いというか何というか……」

「ああ、本当に」

お茶をテーブルに並べ、サラはカリクスから手渡された招待状を見る。当たり前だがあまり乗り気ではないみたいだ。

カリクスの様子から察するに、この舞踏会について話をするために今夜の約束を取り付けたわけではないらしい。サラと同様、帰宅直後から仕事に励み、この招待状の存在に気が付いたのだろう。

社交界デビューともなれば一日がかりで準備が必要なので、サラは当日の予定を確認するために、ベッド横のサイドテーブルへと向かった。

ここには毎日のスケジュールと手紙関係がしまわれているのだが、そこで封筒が一つ未開封なことに気が付く。

「申し訳ありません……急ぎだった場合問題になるので、先にこの封筒の中身を確認しても……？」

「問題ない。ゆっくり読むと良い」

「ありがとうございます」

快諾してもらえたのでサラは封筒の裏側を見るが、差出人の名前が無いことに首を傾げる。

（書き忘れかしら……？）

ナイフで封筒を切ると中身を取り出す。

二つ折りの便箋を開き上から視線を辿れば、すぐにサラの手は小刻みに震える。

（これは一体……どうしたら）

カリクスはサラの異変に気付き、おもむろに立ち上がって声を掛けると「これなんですが……」と悩ましそうに手紙を差し出される。

サラは迷った結果、一人で悩まずにカリクスと共有することを選んだ。婚約者だからというのもあるが、その手紙の中身というのが、カリクスに関してのことだったから。

『私はカリクス・アーデナーの秘密を知っている』

書き下ろし番外編

カリクス少年は可愛いけれど「めっ」

「ヴァッシュさん、こんにちは。何を見てるんですか？」

「おやサラ様、こんにちは」

午後二時になり、昼食を食べ終わったサラはとある部屋の前にいた。前アーデナー公爵の部屋である。

公爵邸に来てから、入ってはいけないと言われていたわけではなかったが、入る用事がなかったことと、故人の部屋に勝手に入るのはどうにも憚《はばか》られたのだ。

しかし公爵領の仕事をする上でどうしても必要な書類があり、カリクスに聞くとそれは前アーデナー公爵の部屋にあるらしい。

カリクスは期限が迫る書類に追われて忙しそうだったので、一応カリクスに許可を取った上で部屋を訪れたのだった。


そして話は冒頭に戻る。

誰もいないと思っていた部屋には、ソファーに座り、何やらアルバムのようなものを見つめるヴァッシュの姿があった。

ヴァッシュといえばカリクスの後ろで控えているか、目にも留まらぬ速さでテキパキと働いている姿しか見たことがなかったサラは、ゆったりしているヴァッシュの姿に驚いたものだ。

「アルバムですか……？」

「ええ。清掃をしようと部屋に入ったものの、ついつい……いつもこのアルバムを見てしまうのですよ」

「一緒に見ても？」

「ええ、もちろんですとも」

日焼けしないよう丁寧に保管されていて、ヴァッシュが定期的に清掃を行っているため埃を被っていないアルバム。

テーブルの上にはいくつか置かれており、ヴァッシュの隣に腰を下ろしたサラは、そんなアルバムをじっと覗き込んだ。

「わっ……か、カリクス様が小さいです……！」

「これはまだ十歳になる少し前ですなあ。この頃は次期公爵になるための教育に勤しみながらも、時間ができると庭に出て良く擦り傷を作っていたものです」

よく見ればカリクスの膝小僧には怪我がよく写っている。

手当てしたものもあれば、怪我をした直後のものまで様々だ。

「なかなかやんちゃな男の子だったんですね」

「それはもう。何度木登りに付き合わされたでしょう。剣の稽古にもつきあいましたなぁ……ほっほっほっ」

懐かしむように話すヴァッシュ。

本当にカリクスのことを大事に思っていることが表れているその声色に、サラはつられるように微笑みながら、ゆっくりと捲ってカリクスの過去の姿を見ていく。

顔は分からなかったけれど、カリクスの身振り手振りから、その殆どが笑顔なのだろうと想像するのは容易かった。

「このお二人がご両親ですか？」

「その通りでございます。二人共坊っちゃんのことは大層可愛がっていらっしゃって……」

「坊っちゃん……」

「おや失敬。つい昔を思い出すと坊っちゃんと口が勝手に。これは旦那様にはご内密にお願いいたします」

「ふふ、はい。ではここだけの秘密ですね」


それからもサラはヴァッシュと話しながら、カリクスのアルバムを次々と見ていった。

初めて馬に一人で乗ったときの写真、ピクニックへ行った家族写真、中にはヴァッシュに叱られているカリクスの写真もあった。

ヴァッシュはサラの顔が見分けられないという症状を知っているので、写真一つ一つに丁寧な説明をしてくれ、サラはその度に感想を漏らして幸せそうに笑って見せる。幼いカリクスの今とは違う快活で可愛らしい姿を知ることは、サラにとって至福のときだった。

「少し……ヴァッシュさんが羨ましいです。カリクス様が幼い頃を知っているんですもの」

目線はアルバムに向けたまま、サラはポツリと呟く。

羨ましいと言いながらも、もちろん妬んでいるわけではない。

カリクスの過去を実際見てみたかったと、叶わないと分かっていても願ってしまうくらいには、サラはカリクスに心惹かれていたから。

サラの内心を簡単に読んだヴァッシュは口を縦に大きく広げて「ほっほっほっ」と笑ってから、隣に座るサラに微笑んだ。

「サラ様はこれからの旦那様をずっと傍で見て……そして支えてあげてくだされ。それはサラ様にしか出来ないお役目ですから」

「そうでありたいと……思っています。私は妹の代わりでしたし、政略的な婚姻でしたが、今は……その……」

ぽっと頬を赤らめて恥ずかしそうに言うサラに、ヴァッシュはうんうんと頷く。

「何とも初々しい……甘酸っぱいで——」

「——ヴァッシュ、お前サラに何を見せている」

「……!? カリクス様……っ」

目線を上げれば、開かれた扉が目に入る。どうやらヴァッシュと話しながらアルバムに集中していたせいで、ノックの音にも気が付かなかったらしい。

何やら不機嫌そうな声色のカリクスにサラは座ったままでビシッと姿勢を正すと、カリクスはスタスタと歩いてサラの後ろから手元を覗き込んだ。

「サラが中々戻ってこないから気になって来てみれば、これは……私のアルバムか」

「さようでございます。ほら見てくださいこの写真。旦那様がこのヴァッシュと剣の稽古をして負けたときに、悔しくて泣いていらっしゃったときのものですよ」

――バタン！

カリクスは顔を真っ赤にすると、ヴァッシュからアルバムを奪い取って閉める。

それを元々置いてあっただろう場所に戻したカリクスは、次いでサラの手元に視線を寄越した。

カリクスの顔はやや苦笑気味である。

「サラ、君が大事そうに抱えているアルバム《それ》を渡してくれないか？」

「ここ、これは……その……」

ヴァッシュに向けるものとは違って、サラに対しては驚くほどに優しい声色のカリクス。

いくつかあるアルバムのうちの一つをヴァッシュから奪取に成功したため、残っているのはサラが抱えているものだけだ。

カリクスがヴァッシュからアルバムを奪い取ったときに、サラはまだ途中までしか見れていないアルバムを、奪われないように咄嗟に抱えていたのである。

そんなサラの姿を可愛いと思いながらも、カリクスは恥ずかしさのほうが上回った。

「サラ、それを渡してくれ」

「勝手に見たことは謝ります……申し訳ありません……！　けれど残りを見てからではいけませんか？　カリクス様の幼少期のお姿も知りたいのです」

「っ、…………それは……」

「見終わったら、すぐにお仕事に戻りますから！」

「いや仕事は別に構わないんだが」とボソボソと呟いたカリクスは、ガシガシと頭を掻いた。

どうやらサラは、物凄くアルバムに興味を持ってしまったらしい。

愛してやまない女性からカリクス《自分》を知りたいと言われるのは嫌な気はしないが、しかしそれにしたって恥ずかしいものは恥ずかしいのである。

快活に遊んでいる姿ならばいくらでも見てもらって構わないが、流石に泣き顔をサラに見せるのは抵抗があった。

たとえサラが人の表情が分からなくても、そんなことはカリクスにとっては些細なことであまり関係なかったのだ。もう一度言おう――恥ずかしいものは恥ずかしいのである。

頑なにアルバムを離そうとしないサラに再び苦笑を見せたカリクスは、いつの間にか立ち上がって部屋の隅に控えているヴァッシュに視線を移す。

まるで『お前のせいだ。どうしてくれる』と言いたげな瞳に、ヴァッシュはそれはもうにーっこりと微笑み返した。

「旦那様ご容赦を。しかしながら、昔の旦那様の可愛いお姿を見たばかりですから、そんなふうに凄まれても怖くはありませんぞ」

「ヴァッシュお前な――」

「良い機会ではありませんか。将来伴侶となるサラ様に過去のやんちゃなお姿も泣いているお姿も恥ずかしいお姿も全て晒してしまっては？　ほっほっほっ」

「お前楽しんでるだろ。………………まぁ良い」

ヴァッシュは役に立たないので、カリクスは強硬手段に出ることにする。

ヴァッシュには壁の方を指さして『あっちを向いていろ』と指示を出してから、ソファーに座るサラの後ろから腕を回したのだった。

「サラ――」

「……!? 何を……!」

後ろから包み込むようにギュッと抱き締める。

こうすれば動揺したサラはアルバムを手放してくれると思ったのだ。

もしこれで手放さなくとも、動揺はしているはずなので、簡単に奪い取れる計画だった。

カリクスの思惑が上手くいくはずだった。のだが。

「……っ、も、もう……!」

カリクスが抱き締めている腕をアルバムに伸ばそうとしたとき。

サラは少し身体をひねって、後ろのカリクスの顔を見つめる。そうしておもむろに口を開いたのだった。

「坊っちゃん……! めっ、ですよ……!」

「…………!?」

「えっ!?」

「何でサラが驚くんだ………」

ヴァッシュと秘密だと約束したというのに、秘密だと思えば思うほど無意識に『坊っちゃん』などと言ってしまったサラの顔は、これ以上ないというくらいに赤く染まる。

しかも『めっ』だ。アルバムの中のカリクスは流石にそこまで幼くないのだが、幼くて可愛いという気持ちが自然と言葉に出てしまったらしい。

「申し訳ありませんカリクス様……！　正式な謝罪は後ほど……っ!!!!」

「サラ待っ——」

凄まじい勢いでカリクスの腕の中から抜け出したサラは、テーブルにアルバムを置くと、すぐさま走り出して部屋を後にする。

資料を調べるために部屋に来たはずだというのに、その用事のことなんて、このときばかりは頭の隅にもなかった。

残されたカリクスはというと、狙い通りサラにアルバムを手放させることは叶ったというのに、その表情と来たら——。

「旦那様、破顔されておりますよ」

「っ、あっちを向いていろと言っただろ！」

「言われてはおりませんぞ？　目線で訴えられただけで」

「ああ言えばこう言うな、お前は」

「ハァ……」と深く息を吐き出したカリクスは、先程までサラが座っていたソファーに腰を下ろす。

サラの発言を思い出し、ニヤニヤしてしまう口元を必死に堪えていると、そんなカリクスの様子をじっと見ながら、ヴァッシュは楽しそうに口を開いた。

「坊っちゃん、めっ、ですぞ」

「お前が言うな。それと真似するな。サラの可愛いが薄れる」

「ほっほっほっ。サラ様でしたら何と呼ばれても何を言われても良いとは。お熱いことです」

ヴァッシュの言葉に、カリクスは「煩い」とポツリと呟いて、ことの発端の人物を睨みつける。

サラの発言が未だに効いているのか、頬が赤いカリクスに凄まれても、ヴァッシュは全く怖くなかった。

あとがき

皆さん初めまして。作者であり、二児の母、肝っ玉母ちゃんの櫻田りんです。

この度は、数ある本の中から拙著「顔が見分けられない伯爵令嬢ですが、悪人公爵様に溺愛されています」をお手に取って下さり、ありがとうございます。


デビュー作ということもあり、あとがきを書くのは初めてなので、ここは無難に本作の裏話を書いていこうかなと思います。是非お付き合いくださると幸いです。

まず、この作品を書こうと思ったきっかけですが、とあるテレビ番組で自分の病気が理解されず、苦しむ女性の姿を見たからです。それまでは優秀なのに、ただただ家族から虐げられているヒロインと、救い上げてくれるヒーローを書こうと思っていたのですが、そのテレビ番組を見たとき、ハッと物語が下りてきました。

そして、ありがたいことに、肝っ玉母ちゃんの脳内にはキャラたちも下りてきてくれたのです。

それが本作の相貌失認のサラと、顔に火傷を負ったカリクスでした。

因みに、セミナとヴァッシュのキャラもすぐに固まりました。

一番悩んだのはマグダットでしたね。はじめはカリクスと似たような雰囲気のスパダリ感強めにキャラにしようかなと思ったのですが、物語の設定とキャラの個性を出すために、かなりおどおどとした性格になりました。

（……と、物語に合わせて作ったキャラではありましたが、今ではセミナの次に好きかもしれません……あ、肝っ玉母ちゃんはセミナが一番推しキャラです。是非皆様にも、本作の推しキャラを教えていただけると嬉しいな、なんて）

いろいろ書いてまいりましたが、この物語はやはりサラの成長が一番のポイントでしょうか。人に頼ること、家族の呪縛から逃れられたこと、カリクスを守れるくらいに強くなりたいと思ったこと。

これからのサラの活躍に、ぜひ注目していただければと思います。

では、ここからは謝辞になります。

本作を拾い上げていただいた『TOブックス編集部』のご担当者様及び関係者の皆様、美しいイラストを描いてくださった紫藤むらさき先生、本作が書店に置かれるまで尽力してくださった皆様、そしてウェブでたくさんの応援をくださった読者の皆様、本当にありがとうございました。

家事育児を共に励んでくれた旦那様、いつも癒しをくれる子供ちゃんたちも本当にありがとう。

最後に、本作が皆様の心に少しでも癒しを届けられますように。皆様がほんの少しでも、優しい気持ちになれますように。

そして、この本をお手に取ってくださいましたあなた様。改めまして、ありがとうございました。

予告
その火傷痕に
サラ、この手を離さないでくれ――
発売！

次巻
NEXT STORY

私はいつでもカリクス様の味方です！

どんな秘密があるの？

旦那様の過去をめぐり、
サラ様たちに新たな試練が!?
お二人の愛の物語から
目を離せません……！

コミカライズ企画進行中！

「顔が見分けられない伯爵令嬢ですが、悪人公爵様に溺愛されています 2」

著＊櫻田りん　イラスト＊紫藤むらさき

2023年秋

顔が見分けられない伯爵令嬢ですが、悪人公爵様に溺愛されています

2023年8月1日　第1刷発行

著　者　櫻田りん

発行者　本田武市

発行所　TOブックス
〒150-0002
東京都渋谷区渋谷三丁目1番1号　PMO渋谷Ⅱ　11階
TEL 0120-933-772（営業フリーダイヤル）
FAX 050-3156-0508

印刷・製本　中央精版印刷株式会社

ISBN978-4-86699-901-2